ふるさと美味旅籠

きららご飯と猫またぎ

出水千春

角川文庫
22753

目次

第一話　きららご飯

「聞いておくんなさいよ」

部屋の片付けと掃除が終わり、ほっと一息ついたときだった。店先で掃き掃除をしていた常七爺《つねしちじい》さんが、血相を変えて店庭に駆けこんできた。

「常七さん、どうしたの」

集まってきた猫たちを撫《な》でながらまったりしていた明日葉《あしたば》は、ついっと顔を上げた。驚いた猫たちが、蜘蛛《くも》の子を散らすように逃げ去っていく。

「お駒《こま》、お駒ちゃんがてえへんな目に……」

こめかみに青筋を立てて顔を引きつらせた常七が、口をぱくぱくさせる。

「お駒ちゃんがどうしたの？　縁側で寝ていたはずなのに」

明日葉は飛び上がるように立ち上がって、上がり框《がまち》に向かった。

この旅籠虎屋《はたごとらや》の『主』ともいえるお駒は、今年二十一歳になった明日葉よりも一歳年上のお婆さん猫だった。近頃では『特技』の披露も、ねずみ取りもしなくなっている。

暑さ寒さに応じて、過ごしやすい場所に移動するが、たいていは、通りに面した店の間にいて、外にも滅多《めった》に出ない毎日だった。

「お駒がどうしたって？」

明日葉の父、徳左衛門《とくざえもん》が、下駄《げた》をかたかた言わせながら駆け込んできた。

「お駒ちゃんが房丸《ふさまる》に……」

常七の言葉に、房丸の牙《きば》をむいたどう猛な顔が思い浮かんだ。すーっと血の気が引いていく。頭がくらくらし、心ノ臓が破裂しそうなほど早鐘を打つ。

「か、嚙《か》みつかれたの？」

「房丸に食い殺されたのか」

明日葉と徳左衛門は同時に叫んでいた。

「あの犬畜生め、ただじゃおかねえ。ぶっ殺してやらあ」

徳左衛門は顔を紅《あか》くしたり青くしたりしながら腕まくりし、手近にあった竹帚《たけぼうき》をひっつかんで、通りに飛び出そうとする。明日葉も下駄を突っ掛けた。

「いえ、いえ、そこまでのことじゃないんで……」

常七は、慌てて、徳左衛門の袖《そで》をつかんで引き留めた。

「じゃあ、どうしたってんだ。お駒は無事なのか」

「お駒ちゃんは今、どうしているの」

噛みつかんばかりの徳左衛門父娘《おやこ》に、常七は手拭《てぬぐ》いで汗を拭いながら言った。

「落ち着いてくださいよ。お駒ちゃんは、ちゃ～んと逃げて無事ですから」

「それを早く言いやがれ。じゃあ、どうしたってんだ」

「もう腹が立って腹が立って……まあ、聞いておくんなさいよ」

大きく身振り手振りを交えて話し始めた常七によると……。

お駒は、虎屋の前に置かれた天水桶《てんすいおけ》の上で、日に当たってうつらうつらしていた。

幸せそうな寝顔がたまらない。我慢できなくなった常七が、水をまく手を休めてなで回していたところ、隣の飯盛《めしもり》旅籠布袋屋《ほていや》の主人平蔵《へいぞう》が、自慢の土佐《とさ》犬、房丸を連れて見世の内から出てきた。

「近頃、見ねえから、てっきりおっ死《ち》んだと思ってたんだが」

お駒を見た平蔵は苦々しげに地面に唾《つば》を吐くや、

「おい、房丸！ 目障りなお駒婆《ばば》ぁを食っちまいねえ」とけしかけた。

「こ、こら！ 来るな！ しっ、しっ！」

常七は慌てて、柄杓《ひしゃく》をつかんで振り回す。

「がるるる」

房丸が恐ろしいうなり声とともに突進してきた。お駒をかばう常七にぶつかってくる。

「う、うひゃあ」

常七は、衝突したはずみでくるりと一回転して、湿った地面にどすんと尻餅《しりもち》をついた。

房丸がお駒に迫る。

「ぶぎゃあああぁ」

お駒は鋭い悲鳴を上げ、敏捷《びんしょう》に身をひるがえした。脱兎《だっと》のごとく通りを横切って逃げる。猟犬さながら房丸が追う。

「さすが猫ですなあ。お駒ちゃんは、身軽に逃げ果《おお》せましたよ」

常七はすました顔で締めくくった。鼻の穴をふくらませた、皺《しわ》だらけの顔は、いつもよりさらに猿に似ていた。

「ああ、良かった。常七さん、驚かさないでよ」

「胆を冷やしたぜ」

明日葉と徳左衛門は、ほっと胸をなで下ろした。

「それにしても、平蔵はなんてえ野郎なんでしょうね。うちに嫌がらせばかりして。お駒ちゃんに犬をけしかけるなんて許せませんよ」

常七は手拭いで、ぱたぱたと顔に風を送った。

「そもそも、普通の町人が土佐犬を飼うなんて御法度でしょ」

明日葉は口を尖《とが》らせた。

平蔵は、本陣守役鶴岡市郎右衛門《ほんじんもりやくつるおかいちろうえもん》から預かっている、という名目で房丸を飼っているが、嘘だということは誰もが知っていた。

「で、今、お駒はどこでえ？」

徳左衛門がはっとしたように言った。

「通り向かいの饅頭屋《まんじゆう》伊勢屋《いせや》と、茶屋の十ノ字《じゆうじ》の間の細路地へ、えれえ勢いで逃げ込んで行きやした。そりゃあ、速いのなんの、凄《すご》い勢いでしたよ」

「ええっ。そりゃあいけねえ」

徳左衛門は、歌舞伎の所作のように、太い眉《まゆ》を上げたり下げたりした。

「遠くまで逃げちまって、自分の家が分からなくなるってえことはよくある話でえ」

徳左衛門の言葉に、明日葉は、心ノ臓が、ぎゅっとわしづかみにされる気がした。

「す、すぐ探しに行かなきゃ」

「行方知れずになるなんて、とんでもねえこった。お駒はでえじなでえじな家族じゃねえか」

お駒は、明日葉を産んですぐ、流行病《はやり》で亡くなった母、お藤《ふじ》が可愛がっていた猫だった。いわば生きた形見でもあった。

「心配なさらなくたって、お駒ちゃんは大丈夫。そのうち戻ってきますよ」

常七はなだめるような口調で首をすくめた。

「気休めは大概にしろい」

「お駒ちゃんは若くないのよ。もしもってことがあるんだから」

父娘の剣幕に、常七は、刈られた草のように、しょんぼりしてしまった。

「じゃ、じゃあ、わしが今から探しに……」

背中を丸めた常七は、よたよた街道筋に出ていこうとする。

「俺たちが探しに行かあ。爺さんは帳場で店番してくれてりゃいい。どのみちうちの旅籠は暇なんだ」

徳左衛門は尻《しり》っ端折《ぱしょ》りをし、明日葉も急いで裾《すそ》をたくし上げるや、にぎやかな街道筋に足を踏み出した。

品川宿《しながわしゅく》は東海道《とうかいどう》最初の宿場である。東海道は、東海道、中山道《なかせんどう》、甲州道中《こうしゅうどうちゅう》、奥《おう》州《しゅう》日光道中《にっこうどうちゅう》のうちで一番往来が激しい。薄暗い虎屋の店庭から一足踏み出せば、大勢の人が行き交っていた。

天狗《てんぐ》の面を背負った、金比羅《こんぴら》参りの行者が目を惹《ひ》く。白い巡礼着を着た老人が幼い女の子を連れて、ゆるゆると通り過ぎる。揃いの半纏《はんてん》を着て幟《のぼり》を立てた、伊勢《いせ》参りの一行が、楽しげに話しながらぞろぞろ遠ざかっていく。

目の前を、馬子に引かれた馬が通る。供を従えた武士が、煙草をくわえてのんびりと行き過ぎた。さて、どちらに向かおうか、きょろきょろしていると、

「おっとお嬢ちゃん、危ないよ」

大きな薬箱を担いだ薬の行商人とぶつかりそうになった。

隣の布袋屋からは、客引きをする、にぎやかな声が聞こえてくる。引手《ひきて》茶屋の者に案内された、裕福そうな武家の三人組が、鼻の下を伸ばしながら大暖簾《のれん》をくぐっていった。

品川には、飯盛女という名目で遊女を抱える旅籠《はたご》が九十軒もあって、そちらばか

りが繁盛していた。虎屋のように遊女を置かない平《ひら》旅籠は十九軒しかなく、その数は減るばかりだった。

品川は、あまりにも江戸《えど》に近いため、旅人が泊まることは少なかった。ただの旅籠では、なかなかやっていけず、遊女を抱えることを、お上から黙認されているためだった。

飯盛旅籠の中でも大見世である布袋屋は、海側に向かって二十三間もの奥行きがあった。建物も壮麗で、数十人もの遊女を抱えている。

平蔵は、見世格子の前で、房丸の巨体を撫《な》でながら、子分数人と話をしていた。子分は皆、懐に匕首《あいくち》を潜ませていて、いざ出入りとなれば、長脇差しを持ちだしてくるような連中ばかりだった。

「もうそろそろだな、助六《すけろく》」

平蔵は後ろに控えた助六のほうを、貫禄《かんろく》を見せつけるような所作で振り向いた。

助六は、平蔵の一の子分で、大柄な平蔵をさらにひとまわり大きくしたような、相撲取り崩れのいかつい男だった。歌舞伎の登場人物、助六を気取っているが、色男とは縁遠い、猪首《いくび》の醜男《ぶおとこ》である。

「親分、あっしが、高輪《たかなわ》の大木戸《おおきど》辺りまで一っ走り、お迎えに行ってきまさあ」

高輪は、東海道の江戸御府内への出入り口にあたる。旅人を見送り、出迎える人でいつもにぎわい、茶屋がたくさん建ち並ぶ、にぎやかな場所だった。

「わしが直々に行かあ」

「久しぶりですからな、親分が待ちきれねえのもよっく分かりますぜ。ずいぶんとご立派になられたんじゃねえですかい」

助六が、巨体を曲げて、へつらうように言った。

「じゃあそろそろ行くとするか。行き違いになるといけねえからな」

房丸を連れた平蔵は、肩を揺らせながら、街道筋を北へと向かおうとする。

「おい、平蔵！　うちのお駒になにしやがったんだ」

徳左衛門が平蔵の前に立ちはだかった。きっとにらみつける。

「ふっ。誰かと思や、徳左衛門『親分』さんかい」

平蔵は、馬鹿にしたように口元を歪《ゆが》ませた。

助六が煙草のやにで黄色くなった歯をむき出しながら、野太い声ですごむ。

「おい、虎屋の親父よぉ。いつまでも意地を張ってたって良いことはねえぜ。うちだって閑古鳥が鳴く旅籠が隣にあっちゃ目障りでえ。早いところ畳んじまいな。うちの親分が買い取ってくださるぜ」

語気を荒げる徳左衛門の袖《そで》を、明日葉が引っ張った。

「おとっつぁん、今はお駒を探すのが先でしょ」

「それもそうでぇ。破落戸《ごろつき》どもの相手をしているほど、俺は暇じゃねぇや」

「さあ、行きましょ」

明日葉と徳左衛門は、朝の光に満ちた街道筋を横切って、山側へと向かった。

「じゃあ、俺はこっちを探すからな」

徳左衛門は、正徳寺《しょうとくじ》の方角へと駆け出した。上背のある広い背中が、見る間に遠ざかった。

「さてとあたしは……」

老猫であるお駒が、さほど遠くまで逃げ去ったとは思えなかった。

明日葉は、街道沿いの北品川二丁目から清瀬《きよせ》天満宮《てんまんぐう》のほうへと、誰彼かまわず聞いてまわった。

街道から一筋入った横町にある、鰻《うなぎ》屋『川一《かわいち》』の前まで来た。

鰻が入った大きな盥《たらい》の上には、特大のまな板が置かれ、ねじり鉢巻きを締めた、二十代半ばの主人が、鼻歌交じりで鰻を捌《さば》いている。

「うちの猫を見かけませんでしたか。お駒っていう、三毛猫なんですけど」

鰻屋の主人は、ぐにょぐにょ動く鰻を巧《たく》みに扱っている。左右の目がやたら離れ、色黒でえらが張った顔は、鰻にそっくりだった。

「ああ、誰かと思えば『猫旅籠』の明日葉さんかい。久しぶりだね」

手を休め、好意に満ちた顔で、にかっと笑いかけてきた。虎屋のことも明日葉のこともよく知っているふうである。

「は、はい。そうです」

主人の顔も名前も、さっぱり覚えがない明日葉は、いつもながら、申し訳ない気持ちでいっぱいになった。

虎屋はこの品川で古くから続く旅籠である。多数の猫が出入りして、猫好きにはたまらない、猫嫌いには地獄のような旅籠であることでも知られていた。

さらに……徳左衛門が、旅籠の主人の他に、目明かしという二足の草鞋《わらじ》を履いていることでも、知らぬ者はいなかった。

「猫といやあ、今日は黒と斑《ぶち》と、それに白の三匹しか見てねえな。猫は可愛いよな。鼠を捕ってくれて役に立つしなあ。そうそう、今うちで飼ってる猫は、徳左衛門さんに、『鼠をよく捕る猫が産んだ子猫』ってえことで、世話してもらったんだったすぐ後を追うように亡くなっちまったよなあ。親父が可愛がってた三毛蔵《みけぞう》が、親父の後を追うように亡くなっちまったすぐ後だったっけ……けどよ、その猫が、親に似ずとんだ弱虫でねえ。いつも鼠に追っかけられてらあ。ま、そりゃあ、いいんだ。猫ってえやつは、眺めてるだけで癒《い》やされるもんだからよ。それだけでも十分だって思ってるんだ。会っていくかい。おーい、たまや、こっちへおいで」

主人は店の奥にいる猫を、思い切り猫なで声で呼んだ。

「ま、また今度ゆっくり……」

明日葉は満面の笑みで断り、川一の店先をそそくさと通り過ぎた。

「霊験あらたかで、見ているだけでも御利益があるらしいよ」

「何でも京の偉いお坊さまらしいねえ」

「もうすぐ始まるみたいだよ。急がなきゃ見逃しちまうよ」

普段は、参る人がほとんどいない、清瀬天満宮の社殿にいたる、荒れて苔《こけ》むした石段を、ぞろぞろ人が上っていく。若い娘から年増《としま》まで、なぜか、女ばかりだった。

「三毛猫を見ませんでしたか」

声をかけたが、誰も彼も気もそぞろなふうで『さあ、知らないね』と、生返事をして通り過ぎていく。

きゃああと、海猫が鳴く鋭い声に、明日葉は思わず首をすくめた。

お駒ちゃんは、いったいどこに行ってしまったのかな。このまま、いなくなったらどうしよう。動悸《どうき》が増して息苦しくなった明日葉は、石段の途中で立ち止まった。

もう半刻《はんとき》余り経っている。家に帰っているかもしれないと思い直した明日葉は、一度、虎屋に戻ってみることにした。

街道筋に戻って、通りを横切ろうとしたときだった。虎屋と布袋屋との間の細路地から、着流し姿の浪人者が現れた……と思うと、明日葉目掛けてついっと近づいてくる。

長身の若い浪人者は、月代《さかやき》を剃《そ》らず総髪だった。艶《つや》やかな黒髪が日の光に映えている。浪人者にしては、こざっぱりしていて、着ている小袖《こそで》は真新しい上物だった。

「猫なら御殿山《ごてんやま》におったぞ。例の桜木だ」

言うなり、くるりときびすを返した。

「えっ。あ、あの……」

明日葉がまごついているうちに、浪人者は布袋屋の暖簾《のれん》の内にすっと姿を消した。

布袋屋の客ではなさそうである。平蔵が新たに雇い入れた用心棒だろうか。

平蔵には、女郎屋渡世でも張り合い、裏の顔の、やくざ渡世でも、平蔵一家を脅かす強敵がいた。徳左衛門の話では、鯨塚《くじらづか》の弥太郎《やたろう》という大親分で、弥太郎は、品川歩行新宿《かちしんしゅく》にある飯盛旅籠《はたご》で、大見世住吉屋《すみよしや》の女主人まつの後ろ盾になっているという。

浪人者の『御殿山、桜の木』という言葉を反芻《はんすう》してみた。

「そうだ！　思い出した」

明日葉はぽんと手を打った。

御殿山で『例の』桜の木というと、あの木しかない。お駒が子猫の頃からつい二年くらい前まで、いないと思えば、必ずその木の高い枝の上にいたものだった。

ともかく行ってみよう。駆け出しかけて、浪人者の顔に見覚えがあることにようやく気がついた。

「清史郎《せいしろう》さんだ。清史郎さんが帰ってきたんだ」

布袋屋の一人息子清史郎は、十一年前、この品川から、ふいっと姿を消した。徳左衛門からは、剣の修行のために江戸に出たと聞かされていた。

明日葉より七つ年上だった清史郎は、実の兄のように可愛がってくれていたが、なにも告げず、突然、行方を眩《くら》ました。当時まだ十歳だった明日葉は深く傷ついた。

懐かしさと、割り切れない思いが、同時に、心に湧き上がってきた。だが、今はうだうだ考えているひまはない。

「おとっつぁんは帰ってる？」

虎屋の内に駆け込んだが、徳左衛門はまだ戻っていなかった。常七に言づてを頼んだ明日葉は、大急ぎで、北品川宿の北西にある御殿山に向かった。

御殿山は、山とは名ばかりの小高い丘である。飛鳥山《あすかやま》や隅田堤《すみだづつみ》などとともに桜の名所として知られ、六百本の桜木の他に、秋の紅葉も楽しめるよう、六十本の櫨《はぜ》の木、他に松が数本、全部で千四百本以上の木が植えられていた。

桜の季節――春霞《はるがすみ》のかかる三月には、市中から人々がどっと押し寄せてくる。茣《ご》蓙《ざ》や毛氈《もうせん》が山肌を覆い、茶店や団子屋が所狭しと立ち並ぶ。酒を呑《の》んで騒ぐ者たち、にぎにぎしい音曲に合わせて踊る者たち……地元の人々がうんざりするほどの賑《にぎ》わいだった。だが、五月になった今は、人影がほとんどなかった。海をながめながら肩を寄せ合っている若い男女と、写生にいそしむ老人の姿が見えるばかりである。

目当ての『例の桜木』を目指して、息を切らせながら坂を登った。懐から手拭《てぬぐ》いを出して、額の汗を拭いながら目指す桜木を探した。

「いた！」

花が散って若葉ばかりになった高い枝に、人影ならぬ猫影が見えた。今日は日差しが強く、下からではどんな毛色の猫かも分からない。顔の前に手をかざして透かし見た。

「お駒ちゃん」

「にゃっ」

明日葉の声に、木の上から短く返事をしてくれた。

「下りてきて。危ないよ」

はらはらする明日葉に、お駒は目を細めたかと思うと、そのまますっと目を閉じてしまった。

「寝てないで下りてきて」

呼び掛けるが答えはない。

「あ〜、無理かあ。気が向かなきゃ、呼んでも知らんぷりだもんね」

気が向くまで呼ぶしかない。

「お駒ちゃん！　お駒ちゃん！」

何度も呼ぶが、返事どころか、目も開けてくれない。明日葉は途方に暮れてしまった。

「嬢ちゃん、おまえさんの猫かね」

松の木の下で絵筆を走らせていた老人が、こちらに向かってすたすた歩いてきた。痩《や》せた老人は、耳が異様に大きかったが、あとはどことい って目立つところがない風貌《ふうぼう》だった。小袖も古く貧相で、着方がだらしない。見るからに胡散臭《うさんくさ》い老人なのだが、深い皺《しわ》に囲まれた金壺眼《かなつぼまなこ》の内に、底の知れない深い光があった。

「そうです。あの高さなので、うっかり落ちないか心配で……」

「何事も焦らぬのが肝心じゃて。これでも食うて落ち着きなされ。眉根《まゆね》を寄せるなんぞ、可愛い顔に似合わぬぞ。ほれ、これをお食べ」

明日葉がよほど必死な顔をしていたのだろう。老人は懐から菓子らしきものを取り出して手渡してくれた。

「あ、ありがとうございます」

子供と間違われるのはしょっちゅうなので、ありがたくちょうだいした。お菓子は、小さな割にしっかりした重みがあった。

「あら」

懐紙にくるまれた中から、四角い菓子が現れた。

「食べてごらん。日本橋《にほんばし》の袂《たもと》に出ている屋台で、徳兵衛《とくべえ》なる男が焼いておる『金鍔《きんつば》』じゃ。大きくて甘いと、魚河岸《うおがし》の者たちに評判でな。なに、わしが買うたのではない。善次郎《ぜんじろう》が、わしと娘のお栄《えい》にと、昨日、持ってきおった残りじゃ」

金鍔は、名前の通り、刀の鍔を模《かたど》っていて、丸く、平たい。ずっしりした重さと大きさに、明日葉が戸惑っていると、

「ほっほ、毒など入っておらんぞ」

老人は、もう一つ、懐から取り出して、むしゃむしゃ食べ始めた。

「たっぷりの餡《あん》をな、薄〜く延ばしたうどん粉の生地で包んでの、胡麻油《ごまあぶら》を引いた銅板で香ばしく焼いておるんじゃ。小豆《あずき》のこくを活《い》かした甘みがええじゃろ。吉原《なか》の女郎たちにも、大いに喜ばれるそうじゃ。ほっほ、善次郎は、女郎の機嫌取りに買ったついでに、わしらの分も買ってきよったのじゃろうて」

老人の蘊蓄《うんちく》を聞きながら、明日葉も金鍔を食べ始めた。小豆が甘過ぎず、薄い皮がぱりっとしている。

「真ん中にふってある胡麻が、香ばしいですね。品川にも金鍔の屋台があればいいのに」

甘い物ですっかり懐柔された明日葉は、口も軽くなる。

「今日は天気もええし、思い立って夜明け前から、駕籠《かご》を仕立てて、浅草《あさくさ》よりやってきたんじゃ」

江戸から品川まで二里である。花見、潮干狩り、寺社詣《もう》で……そして遊廓《ゆうかく》通いにと、日帰りで気楽に遊びに来る人も多かった。

「品川は良いところじゃての。気が向いたときに、ふらりと来るんじゃ」

老人らしくない快活な笑みは、心の若々しさを感じさせた。

「ところでおまえさんは、ここいらの子かい」

「あたしは北宿で虎屋という旅籠を営んでいる徳左衛門の娘で、明日葉と言います」

「おお、旅籠のお嬢さんかい」

「お嬢さんなんて、とんでもないです。間口が四間しかない平旅籠ですし、今は父と番頭しかおりません。お客さんがすごく多いときだけ、無理を言って、おとよさんに手伝いに来てもらうんです。おとよさんは、うちで女中をしていた人で、今は南品川猟師町《りょうしまち》の漁師さんの家に嫁いでいるんですよ。毎日のように、お魚などを届けてくれるので助かってます。売り物にならなかったり、売れ残ったりした魚なので、小さかったり傷がついていたりしますけど、獲《と》れたてで美味《おい》しいんですよ」

「ほう、ほう」

老人はいかにも興をそそられたように相槌《あいづち》を打った。

徳左衛門と常七以外の人には、硬くなって話が途切れがちな明日葉だが、初めて会ったにもかかわらず、言わずもがなのことまで、すらすら話せるのが不思議だった。

「でね……うちの旅籠《はたご》は猫のたまり場になっているんですよ。近所の飼い猫やら、野良ちゃんが勝手に入ってきて、気がついたら、我が物顔でくつろいでいるんです。お駒がにらみを利かせているのか、食べ物をひっさらわれたことは、不思議なことに、一度もないんです。この品川では、南宿にもう一軒『虎屋』という飯盛旅籠があるので、うちは『猫旅籠』とか、『猫旅籠のほうの虎屋』って呼ばれているんですよ」

「じゃあ、このお駒ちゃんが、虎屋の『主』というわけかの。それにしても、猫旅籠とは良い宿じゃのう」

老人は、白髪の無精髭《ぶしょうひげ》が伸びた顎《あご》に手をやった。

「良かったらぜひ泊まってください」

「残念じゃのう。今日は、用を済ませたら、すぐ江戸に戻るんじゃ。急《せ》かされておる仕事があるでの」

「そうなんですか。じゃあ今度また来てくださいね。泊まらなくても猫たちと会ってやってください。皆、良い子ばかりですよ」

猫好きと知れば、さらに心やすい気がしてくる。老人のことをもっと聞いてみたくなった。

「おじさんは、絵師さんなんですか？　お名前は何とおっしゃるんですか」

「ただの老人じゃ。周りからは鉄蔵《てつぞう》と呼ばれておるがの。わしは、六歳の頃から物の形を描き写すようになって、以来、ずっと描き続けてきたのじゃが……七十歳になるまでに描いたものは、実に取るに足らぬものばかりでなあ。まあ、百歳くらいまで精進すれば、いくらか思うような絵を描けるようになるやもしれぬのう」

絵について語る際の眼光の鋭さは、ひとかどの、いや、大いなる天賦の才を持った人物に見えた。

「御殿山ではどんな絵を描かれたのですか」

品川の町や海がどのように描かれているのだろうと興味が湧いた。

「品川の海を描いて欲しいと頼まれての。先月もここまで写生に来ておったんじゃ……で、大方描き上げたのじゃが、どうも雲の形が気に入らぬのでな。今一度、確かめんと、やってきたのじゃ」

鉄蔵は、もわもわと薄く、得体の知れぬ物が描かれた紙を見せてくれた。

「こ、これが雲ですか」

尋ねてみたが、鉄蔵は答えず、いきなり、

「おお、この雲の重なり方じゃ。光の入り具合もええ。このときを待っておったんじゃ。今じゃ、今じゃ」

叫んだと思うと、明日葉のことなどすっかり忘れたように、元いた場所へとすた戻っていった。もわもわした物が描かれた紙が、一陣の風にさらわれて、宿場のほうにひらひら舞い散っていく。

彼方《かなた》を凝視しながら、紙にさらさらと絵筆を走らせ始める後ろ姿には、なにやら後光のようなものが感じられた。きっと素晴らしい絵を描く人に違いない。

何歳になっても、いつまでも謙虚で、なにかを追い求めて夢中になれることはすばらしいと思えた。

あたしにもなにか打ち込めるものが見つかればいいな。今はまだ見つかっていないが、きっと見つかるに違いないという気がしてきた。

「それにしてもお駒ちゃんったら……」

お駒はまだまだ昼寝する気満々なようである。

明日葉は、はるか遠くに目を馳《は》せた。

品川宿をはさんで、彼方にきらめく海が広がっている。白帆が無数に浮かぶさまは、確かに絵になる光景だった。心が澄み渡るような良い心地で眺めていると……。

さきほどの男女が、追いかけあってじゃれあう姿が目に入った。女は、地味な身なりだったが、遠目に見てもひどく垢抜《あかぬ》けていて玄人《くろうと》っぽかった。二人は、飯盛女と馴染《なじ》み客だろう。

露骨にいちゃいちゃする有り様が視界に入らないよう、明日葉は横を向いた。

潮の香りがする風が心地よく頬をくすぐる。海の上を無数の海猫が飛び交っている。梅雨に入ったばかりだが、今日はからりとして気持ちが良い。これからはじめじめした日が続くのだろうと思うと嫌になった。

「おい、明日葉、見つかったのか」

徳左衛門がようやくやってきた。よほど急いで駈《か》けてきたらしく、顔から首から大雨の中を歩いてきたように、汗でぐっしょりと濡《ぬ》れている。

「お駒の奴、気持ち良さそうに寝てらあ。こりゃあなかなか下りてきそうもねえな」

枝を見上げた徳左衛門は、懐手をしながら、角張った顎を撫《な》でた。おもむろに懐から手拭《てぬぐ》いを取り出して汗を拭《ふ》き始める。

「おやまあ、水もしたたる良い男……と思うたら、虎屋の旦那《だんな》でありんしたか」

先程の若い女が近づいてきて、徳左衛門に向かってなよやかに会釈した。

布袋屋の板頭《いたがしら》、花里《はなさと》だった。

吉原《よしわら》では、見世一番の売れっ妓《こ》を『お職《しょく》』と言うが、品川では、飯盛女の名前を板に書き並べ、稼ぎ頭が筆頭に書かれることから、一番人気の女郎を『板頭』と言った。

品川遊廓は、お歯黒溝《はぐろどぶ》に囲まれた吉原のような廓《くるわ》ではなかったが、吉原は『北国《ほっこく》、北廓《ほっかく》』、品川は『南国《なんごく》、南駅』と呼ばれていて、互いに張り合っていた。

当初は、品川が吉原の真似ばかりしていたが、品川遊廓がどんどん盛んになって、今では吉原と遜色《そんしょく》ないと思っている者たちも多かった。

品川の大見世の揚代でも、花里のように、吉原の花魁《おいらん》に見劣りしない遊女もいる。とはいえ、大見世には、吉原の小見世よりやや高い程度でしかなかったが……。

吉原の遊女は、有名な高尾《たかお》をはじめ、勝山《かつやま》、花紫《はなむらさき》、桂木《かつらぎ》など、生まれ持った名前とかけ離れた美名を名乗っているが、品川では、うめ、はつ、とめ、はな、てるなどという、素人っぽい名の遊女が多かった。

布袋屋は大見世で、しかも品川で一、二を争う人気の見世である。吉原ほど洗練された名前ではないにしろ、花里、松葉《まつば》、水戸《みと》、小六《ころく》、親松《おやまつ》など、それらしい名前を名乗らせ、吉原の花魁のように廓言葉を使わせていた。

「おお、花里か。近頃、ときどき臥《ふ》せっていると聞いたが、大丈夫か？」

「ようご存じでありんすなあ……ときどき持病の癪《しゃく》が出て困りいす。わっちのことを気に掛けてくださるとは、嬉《うれ》しおす」

花里は、徳左衛門に向かって、とびきりの科《しな》を作ってみせた。明日葉までくらくらしそうな妖艶《ようえん》さだった。

「いつ見ても、苦味走った色男でありんすなあ。腕っ節も強うて、歩行新宿から北をはさんで果ては南まで、品川の奇麗どころがこぞって粉をかけるのも分かりいす」

花里の歯の浮くようなお世辞に、徳左衛門は、まんざらでもない顔で目尻《めじり》をだらりと下げた。

「なにをしておるのだ。花里」

連れの武士が近づいてきた。すらりとして背が高く、浅黒く引き締まった顔立ちで、花里に似合いの美男だった。

裕福そうな身なりをした武士は、垢抜けたさまからも言葉遣いからも、薩摩《さつま》藩の藩士ではなさそうである。市中から足を伸ばしてきた江戸者らしかった。

「こやつは誰じゃ」

露骨に嫌な顔をして、花里を問い詰めるように言った。

「ぬしさま、なにを妬《や》きなんす。いっそ、わっちは嬉しおす」

花里は武士の肩に甘えるようにしなだれかかると、

「こほん。ちょっと冷えてきたなんし」

わざとらしい咳《せき》をしながら、色香が匂い立つ仕草で胸元をかきよせた。

「おう、そうじゃな。宿に戻るといたそう」

堅物そうな武士は、途端に相好を崩して大きくうなずいた。

「あい、早《はよ》う帰りいす」

「これ、急ぐと転ぶではないか」

二人はもつれ合うように、坂道を下りていく。

ぼうっと見送っていた明日葉に、徳左衛門が顎《あご》を撫でながら言った。

「近頃、花里が本気で入れ込んでいるのが、今の侍でえ。大道孫八郎《だいどうまごはちろう》ってえ旗本だ。大道なんて姓の旗本はいねえから、むろん偽名なんだがよ。石高が五千石くれえもある大身の旗本ってえのは間違いなさそうだな」

金さえ払ってくれれば、妓楼《ぎろう》は客の素性など詮索《せんさく》しない。身分のある者、差し障りのある者は、氏素性を伏せて通ってくる。

「貧乏旗本の家から入った婿養子だそうだ。安気な暮らしだから、女遊びを始めたんだろうな。実母が尾張《おわり》の出というから、同じ故郷を持つ花里と気が合ったのかもな」

「さすが、おとっつぁん。目明かしと二足の草鞋《わらじ》だけあって詳しいね」

「それを言うねえ。今のは全部、花里からの受け売りでえ。それにしても……目明かしつっても、下っ引きが一人もいねえなんて、恰好《かっこう》が付かねえこった」

徳左衛門は、品川では目明かしで通っているが、江戸市中の目明かしのように町奉行所同心の配下ではなかった。八州取締出役《はっしゅうとりしまりでやく》山本大膳《やまもとだいぜん》の手代宮坂瀬兵衛《みやさかせべえ》の手の者という扱いで、『道案内』と称する小者《こもの》として、大膳が巡回してきた折に付き従うお役目である。

十手は、柄が籐《とう》で巻かれた、一尺八寸もある長くて無粋なもので、今は庭にある古い蔵の隅で眠っていた。

「あんときゃ、若気のいたりでつい引き受けちまったが、親分、親分とおだてられてつまらねえ面倒事ばかり頼まれるんじゃ、割に合わねえやな」

近所同士の揉《も》め事を丸く収めたり、夫婦喧嘩《げんか》の仲裁をしたり、果ては迷い猫探しから、生まれた子猫の里親探しといったところで、確かにぱっとしなかった。

「そこがおとっつぁんの良いところだよ」

明日葉はそういう徳左衛門が好きだった。

花里と武家の姿は木々の陰に隠れて見えなくなった。

「それにしても、美男美女で似合いだったねえ。絵になる二人だね」

中高《なかだか》で彫りが深く、凛々《りり》しい侍だったが、笑った顔は、にやけていてお人好《よ》しそうだった。

「女郎と色客の仲だからなあ。いつまで続くものやら……」

「おとっつぁんも、嫌なことを言うねえ。ひょっとして、花里さんに惚《ほ》れていて、妬いてるのじゃないの？」

「俺にゃ……あいつが最後の女でぇ」

徳左衛門はぽろりと漏らすなり、ぷいっと横を向いた。

明日葉は謝ろうとして、言葉が喉《のど》につかえた。

物心ついて以来、徳左衛門がお藤の名を口にしたことはなく、お藤を失った痛手は、二十年経ったいまでも癒《い》えていないようだった。

「それにしても……」

徳左衛門は、額の前に手をかざして、桜の木を仰ぎ見た。

「お駒は気持ち良さそうに寝てやがるな。この分じゃ、当分、下りてきそうもねえなあ」

「おとっつぁん、お駒を見張っててよ。そろそろ、昼餉《ひるげ》の時間だし、あたし、うちに戻ってお握りを作ってくるよ」

「そりゃあいいな。お駒の無事な姿を見たら、急に腹が減ってきやがった。昼飯、よろしく頼んだぜ」

「あたしじゃ、塩結びくらいしかできないけどね」

もっぱらお客さんの世話をこなす明日葉は、台所は徳左衛門任せで、料理を作ることがなかった。

「お駒ちゃん、すぐ戻るからね。ぜったい落ちないでね」

桜の木の枝でのんびりと眠るお駒の姿をもう一度確かめてから、急いで虎屋に戻った。

街道に面した、店の間と呼ばれる広い板の間には帳場が置かれ、客の荷物置き場としても使われていた。揚げ戸のところから、眉《まゆ》をへの字にしながらのぞいている常七の顔が見えた。

「……というわけで、あたし、今からお握りを作るからね」

明日葉は、足を拭《ふ》いてから台所に上がった。朝に炊いたご飯はお櫃《ひつ》に移されていた。

「さてと、塩をふって……」

お櫃を開けて、まだほかほかと温かいご飯に、塩を振りかけようとすると、常七が笑いながら手で制した。

「嬢ちゃん、ちっとは工夫しましょうや」

おもむろに、内庭に下りると、隅に置かれた樽《たる》の一つから、浅漬けの沢庵《たくあん》を取り出してきた。台所の板の間に座って、使い込んだ菜切り包丁で、手際よくみじん切りにし始める。

「嬢ちゃんは、裏の畑から、青紫蘇《あおじそ》の葉を採ってきてくだせえ。二、三枚ですよ。たくさん採っちゃ駄目ですよ。残しちまって、しなびさせちゃもったいないですからね」

「あ、あたしだって、それぐらい分かってますよ」

二十枚ほど、ぶちぶち千切ってくる気満々だった明日葉は、さっそく下駄《げた》をつっかけて、虎屋の裏手にある畑に向かった。

広い畑には、さまざまな作物が植えられ、旅籠《はたご》で出す菜に使う他、活計《たっき》の足しにされていた。

塩もみした青紫蘇の葉を、常七が手慣れた手付きで、みじん切りに刻んだ。明日葉が、沢庵と青紫蘇の葉をご飯に混ぜて、二人してお握りを作る。

常七は丁寧に、だが手早く握った。形の良い、そっくり同じ大きさのお握りができあがる。明日葉は時間がかかって、しかも、しっかり握れていないぐずぐずのお握りで、大きさもまちまちになってしまった。

仕上げに地元産の海苔《のり》を巻きながら、ついでに切れ端を口に放り込んだ。

「品川の海苔は最高だね。特に、おとよさんが届けてくれる海苔は、とびきり美味《おい》しいんだよね」

売り物にならない屑《くず》海苔のお裾《すそ》分《わ》けなので、形もばらばら、破れや欠けがあって見栄えが悪かったが、味は天下一品だった。磯の香りと、ぱりぱりした感触が心地良い。

南品川の鮫洲《さめず》海岸にある、養殖場の美しい光景が目の前に浮かんできた。浅瀬に『ひび』と呼ばれる粗朶《そだ》木を無数に立て、ひびに付いた海苔をべか舟と呼ばれる小さな舟で採る。絵になる光景だったが、冬の寒い時期の作業の辛《つら》さは生半可なものではなかった。

延宝《えんぽう》の頃、品川浦で養殖が始まり、今では大森《おおもり》や羽田《はねだ》村辺りの海、さらには対岸の上総《かずさ》の国《くに》にまで広がっていた。

「品川で作られているのに、浅草海苔って名で売られるのって、納得できないんだよね。ねえ、常七さんはそう思わない？」

「昔は、品川から送られた生海苔を、浅草雷門《かみなりもん》辺りで加工してましたからなあ」

今では品川で加工された海苔が浅草に送られ、浅草の特産として売られていた。

「品川海苔っていうより、浅草海苔っていうほうが、垢抜《あかぬ》けてるって思われるのかな」

話しながら海苔を巻くうちに、大小さまざまなお握りで、お重がいっぱいになった。常七が作ったもう一段のお重は、見栄えも良く整然と並んでいる。

「こりゃあひどいんじゃござんせんかい」

明日葉の作った不揃いなお握りのお重を見て、常七は、くつくつと笑った。

「仕方ないじゃない」

むくれる明日葉を見る常七の目はあくまで温かい。節穴のように細く小さく、くぼんだ両の目には、まるで母親のような深い優しさがあった。

「おお、そうそう。さっき飛脚が来て、またなにか届きましたよ。今度は尾張からですよ」

腰の辺りをとんとんと叩《たた》きながら立ち上がると、水屋箪笥《だんす》から包みを取り出してきた。

「なにかしら」

「今回は軽いし、尾張からってんだから、干し大根ってえところですかね。それにしても、昔、この宿で一晩だけ世話になったからって、名前も明かさないまま、あちこちの吟行《ぎんこう》先から、名物を送って下さるとは、奇特なお方もおられたものですなあ」

常七は、いかにも解せないといった顔で首をひねった。

「常七さんも、その人のことを知らないんだよね」

「心当たりがねえんですよ。わたしゃ、お客さんのことなら、どんなに昔でも、一人一人覚えてるのが自慢なんですがねえ」

「全部、きっちり覚えているのも、化け物っぽいっけどね。あたしなんか……」

「嬢ちゃんは覚えな過ぎですよ。よく知ったお人でも、着ている物が変わるだけで、分からなくなるとか、会ったばかりのお人の顔形がまるきり思い出せないとか……名前だって、なかなか覚えられないですしねえ」

「それは自分でも変だと思ってるし、ほんと困ってるんだから言わないでよ」

「ま、せいぜい物覚えの良い、賢いお婿さんを見つけることですな」

常七に痛いところを突かれた明日葉は、慌てて話題を変えた。

「それはそうと、常七さんは、おとっつぁんが生まれる前から、この虎屋にいるんだよねえ」

常七は先代から奉公する、虎屋の主のような老人だった。髪も眉も白く、地肌が透けて見えるほど毛が薄くなって、髷《まげ》が、気の毒なほど細くなっていた。

五年ほど前、徳左衛門は、相応の金子《きんす》を渡して、常七に隠居暮らしをしてもらおうとしたが、『体が動く間は虎屋にいてえんです。隠居なんぞしちまったら、体が弱ってしまいまさあ』ときっぱり断られた。以来、常七の言葉に甘えて、今も大いに助けてもらっていた。

「さあさあ、行った、行った。旦那《だんな》さんが、まだかまだかとお待ちですよ」

「ありがとう、常七さん。じゃあ、行ってくるね」

明日葉は、お重の入った風呂敷《ふろしき》と、敷物にするための菰《こも》を抱えて街道筋に出た。

隣の布袋屋には次々と、客が入っていく。

品川の遊客は、俗に『山』と称される、芝山内《しばさんない》の僧侶《そうりょ》が五分、『屋敷』と呼ばれる、薩摩屋敷の侍が三分、町人が二分という割合だった。今しも薩摩の侍らしき若い武士が三人、張見世という、通りに面した部屋で客を引く、遊女たちの品定めをしている。訛《なま》りが強くてなにを話しているのかよく分からなかったが、元気と暇が有り余っていることだけは分かった。

侍たちは、布袋屋に揚がるほどの軍資金がないらしく、散々、冷やかしてから立ち去っていった。女郎が、格子の内から悪態を吐いた。

隣の華やぎを横目に、明日葉は人の往来の激しい街道を横切った。法禅寺《ほうぜんじ》の甍《いらか》を左に見ながら、東海寺《とうかいじ》の黒門の前を通り過ぎ、善福寺《ぜんぷくじ》の山門を過ぎれば、品川歩行新宿だった。

もともと茶屋町だった歩行新宿は、享保《きょうほう》の頃に、お上から、品川歩行新宿という町名を許され、飯盛旅籠が建ち並ぶ町となった。住吉屋を筆頭に、土蔵相模《どぞうさがみ》の名で知られる相模屋、島崎楼《しまざきろう》、太田屋《おおたや》、湊屋《みなとや》など、名高い大見世が数多くあり、今では南北品川よりはるかに栄えている。

平蔵の宿敵鯨塚の弥太郎が後ろ盾になっている、大見世住吉屋の派手派手しい楼閣が、街道をはさんで彼方《かなた》に見えた。

善福寺の先から左に折れて、道幅の広い大横町を、御殿山の登り道へと向かった。大横町の両側は畑地が広がって、辺り一面が青々としていた。今日はからりと晴れているので、畑を渡る風も清々《すがすが》しい。

品川は、旅籠が並ぶ街道沿いと、漁師が暮らす猟師町を除けば、あとは田畑ばかりが広がっていた。傾斜地が多いから田圃《たんぼ》は少なく、畑地が圧倒的だったが。

「おとっつぁん、お駒ちゃんはどう？」

桜の木を見上げている徳左衛門に声をかけた。

「ああ、あれからずっと寝てるんだ。たまに伸びをするんで、落っこちねえかと気が気じゃねえぜ。首が痛くなっちまった」

徳左衛門は、肩を上下させながら、首をこきこき言わせた。

ことお駒のことになると、徳左衛門は過保護になってしまう。明日葉とて同じだが、徳左衛門はさらに度を越していた。

「じゃあ、お駒ちゃんを見張りながら、一緒にお弁当を食べようよ」

草の上に菰を敷いて、風呂敷を開き、お重の蓋《ふた》を取った。

「こりゃあ、明日葉と爺《じい》さんの合作って丸分かりだな。まあ、味つけは爺さんだろうがな」

笑いながら、明日葉が握った不恰好《ぶかっこう》なお握りに手を出した。

「もうちっとしっかり握ってくれねえか。ぽろぽろ崩れて食べるのに苦労するぜ」

徳左衛門の言葉に、明日葉は首をすくめた。

「ちょっと前のお駒ちゃんなら、すかさず下りてきて、あたしのお握りを、ひょいっとまたいでいったのにな」

徳左衛門と明日葉は、枝の上で眠るお駒を見上げた。

「確かにそうだな。この頃は、ぴりっとも動きゃしねえがな」

徳左衛門は寂しげに目を瞬《しばた》かせた。

お駒は、『猫またぎのお駒』という二つ名を持っていた。『鼠捕り御前のお駒』の異名もあったので、三つ名といえば三つだったが……。

「それにしてもお駒はどうして、料理の善し悪しが分かるのかな」

「不味《まず》い料理だと、どこにいてもいきなり現れて、わざわざまたいで行くんだよね」

「その不可思議な力が、ふっつりなくなったってえのは寂しいな。俺も、お駒に教えてもらったおかげで、客に下手な味つけの料理を出さずに済んだんだよなあ」

「そういえば、あたしが物心ついた頃はまだうちも景気が良くて、料理する人がいたし、おとっつぁんが、お客さまの料理を作り始めたのは、十年ほど前からなんだよね」

「それにしても、お駒の『猫またぎ』が見られなくなったのは、寂しいよな」

「もう二十二歳なんだもの。お役御免ってつもりなのかしら」

猫は、人よりずっと早く歳を重ねていく。猫と暮らしていて、一番切ないのはこのことだった。

「長生きといやあ、猫が歳を取ると、猫又《ねこまた》って妖怪《ようかい》になると言われてるだろ。知らないうちに、猫又になってるんじゃないかと、ときたま尻尾《しっぽ》の付け根をしごいてみるんだ。嫌がってひっかきやがるけどな」

「あ、おとっつぁんもなの？　あたしもときどき、二股《ふたまた》になってきてやしないか、尻尾の根元と先をそっと触って確かめてるんだよ」

「明日葉は、人をさらったり食べたりする猫又なんて、迷信だっていつも言ってたくせに」

「あたしはおとっつぁんとは違うよ。面白半分でやってるだけだから」

徳左衛門も明日葉も、たとえお駒が猫又になっても、世間に隠して飼い続けるだろう。

「それにつけても、平蔵はひでえ奴だな。いくら猫嫌いだからって、お駒をここまで目の敵にしなくたっていいだろがよ」

「ほんと、平蔵って嫌な奴。顔を合わすたびにむかむかするし、なんだか体がむずがゆくなるんだよね。脂っぽい手をしてそうなのも気持ち悪いし」

「あいつは、形の上じゃいまだに『義兄《あに》さん』ってえわけだからなあ。叩《たた》きのめすわけにいかねえのが残念でえ」

徳左衛門は悔しげに歯をむき出した。

亡くなったお藤が、平蔵の腹違いの妹だったことが、虎屋と布袋屋の間柄を複雑にしていた。

「向こうは子分が大勢いるんだから、手を出したら無事じゃすまないよ。おとっつぁん、くれぐれも短気はやめてね」

是が非でも布袋屋の見世を広げたい平蔵は、虎屋乗っ取りを画策している。

「分かってらあ。この二十数年、色々、嫌がらせされても、耐えてしのいできたんだ。心配すんな」

徳左衛門は分厚い胸板をどんと叩いた。

「ところで、平蔵といやあ、清史郎が江戸から戻ってきたんだってな。あんなに家業を嫌ってたってのになあ」

「あたし、ついさっき会ったんだけど、すぐにぴんと来なくって……」

「この品川を出ていったのは十七歳で、今は二十八歳だからな。餓鬼から一人前の大人になりゃ変わりもするさ。この十一年であんまり代わり映えしねえっていやあ……明日葉、おめえだけだぜ」

徳左衛門は明日葉の鼻の先を、人差し指で、むぎゅっと押した。

「もうっ。やめてよ」

明日葉はぷうっと頰をふくらませてみせた。

「はは、明日葉の顔を見てると、ついやりたくなるんだよな」

徳左衛門はとろけそうなほど甘い笑顔になった。

明日葉の鼻は、高くないものの、それなりに整った形だったが、どういうわけか鼻先が、人より柔らかくできていた。押されると、鼻全体がへしゃげて、とんでもなく面白い顔になってしまう。

「子供扱いはやめてよね。背丈だってずいぶん伸び……」

「その程度じゃ『ずいぶん』たあ言えねえな」

「どうせちびですよ」

「おつむの中も未《いま》だに餓鬼なところが、親としちゃ心配なような、おぼこいままで、虫もつかねえのが安心なような……痛し痒《かゆ》しでえ」

徳左衛門は豪快に笑いながら、次のお握りに手を伸ばした。明日葉も、お握りをつかんでほおばる。

「あちこち駆けずり回った後だから、塩気が体に染みるね」

「ぽりぽりした、沢庵《たくあん》の歯応《はごた》えがたまらねえな。けど、『きららご飯』なら、乾煎《からい》りして細かくほぐした、とろろ昆布も入れてほしかったな」

「常七さん、入れ忘れたのかな。元は凄腕《すごうで》の料理人だったってのに」

「まあ、惚《ぼ》けが入っているにしては、ずいぶんと達者だから助かっているがな」

徳左衛門が、あははと笑ったときだった。

「にゃにゃ」

木の上からお駒の甘えるような声がした。

枝の上で大きく伸びをした途端、お駒の眠そうだった目が、きんっと開かれる。

ぐっすり寝ていても、一つ伸びをすれば、しゃきっと目が覚める猫が、朝に弱い明日葉にはうらやましい。

はらはらする二人をからかうように、お駒は、幹に爪を立てながら、ひらひらと巧《たく》みに下りてくる。

「気をつけろよ、お駒！　落ちたら危ねえぞ」

徳左衛門と明日葉は手に汗握る。

高い枝から、気合いとともに、お駒が飛び降りる。

「にゃぶるるる」

「おおっと」

徳左衛門の腕の中に、すっぽりと納まるように飛び込んできた。年寄り猫とは思えない身のこなしに、徳左衛門は目尻《めじり》を思い切り下げた。

「この頃は寝てばかりなもんで、正直、お迎えも近いかなんて思っていたが、どうしてどうして達者なもんでえ」

「猫又でも化け猫でも、なってもらいましょうよ。ねえ、お駒ちゃん」

ごろごろ喉《のど》を鳴らすお駒の頭を、何度も何度も撫《な》でる。顔をぐにゅぐにゅすると、お駒は満ち足りた顔をした。

「抱かせてくれるなんて、いつ以来だっけ、なあ、お駒」

徳左衛門がでれでれと、鼻の下を伸ばす。

「ほんと、珍しいこともあるもんだね」

お駒は抱かれることが大嫌いな猫で、よほど気が向かないと抱っこさせてくれない。明日葉や徳左衛門にとって、そのつれなさがまた、何とも言えず、『抱かせてもらったときのありがたさ』はひとしおだった。

猫は用がなければ媚《こ》びない。猫嫌いな人には薄情に見えるが、猫は気持ちに正直なだけなのだ。

「房丸に追われて思わず、お気に入りだった場所に来たのかな……で、あたしが迎えにきたので、安心してぐっすり寝てしまったんだろうねえ」

なおさら愛《いと》おしく感じられた。

お駒を抱いてご満悦な徳左衛門が、感慨深げに眼下を見下ろす。

「生まれ育った場所だから、普段は何とも思わねえが、ここからの眺めはなかなかだよなあ」

すぐ目の下には、人馬が絶え間なく行き交う街道が続き、立派な旅籠《はたご》が軒を連ねている壮麗なさまが見える。

「十年前、近所から出た火で、大井村《おおい》まで燃えちまったときは、うちも含めて、いってえどうなることかと案じたもんだがなあ」

徳左衛門はお駒の首を優しく撫でながら、しみじみとつぶやいた。お駒は丸い頭を押し込むように、徳左衛門の胸元に潜り込んだかと思うと、一回転して、顔だけ出す形できっちりと納まった。

「あのときは、ほんと怖かったよ。あたし、お駒ちゃんを抱いて、ぶるぶる震えてたのをよく覚えてるよ」

「お駒を抱いてるつもりが、近所の斑猫《ぶちねこ》のたまだったじゃねえか」

「えっ、そうだっけ。そういや、おとっつぁんが、箪笥《たんす》の裏で縮こまってたお駒ちゃんを見つけ出して、抱いて逃げたんだったっけね。今思うと、ぞっとするねえ」

焼け出された後、虎屋はなんとか、同じ場所で再建できた。宿場全体も、見事に息を吹き返し、今では、さらににぎやかな宿場町に変貌《へんぼう》していた。

「あんときゃ、川一の先代にもずいぶんと世話になったっけ」

「川一って、あの鰻《うなぎ》の蒲焼《かばやき》屋の？」

「そうでえ。先代のときは海晏寺《かいあんじ》門前町の街道筋で、料理茶屋をやってたんだ。先代は才覚のある商売人気質《かたぎ》で、派手にやってたんだがな。五年ほど前、先代が亡くなって、息子の代になってから、この北品川の横町に引っ込んで、こぢんまりと、鰻を焼いてるってえわけだ」

徳左衛門の言葉に、明日葉は、川一の主人の鰻に似た色黒な顔を思い出した。

「あの若いご主人も猫好きで、おとっつぁんに子猫を世話してもらったって言ってたよ」

「そうだったっけな。やっぱり親子は似ているもんでえ。先代も大の猫好きでよ。

飼ってた牡猫《おすねこ》がいなくなって大騒ぎになったっけなあ」

徳左衛門は懐かしげな眼差《まなざ》しになった。

「先代は気が強くって、宿場の親分衆にまで一目置かれるようなお人だったが、息子はえらく小粒でな。先代がいけなくなってからってもの、商いも上手《うま》くいかなくなってよ」

徳左衛門は気の毒そうにつけ加えた。

「まあ、うちも先細りなのは同じだけどね」

「おお、違いねえや」

徳左衛門は他人事《ひとごと》のようにお気楽な表情で頭をかいた。

脇本陣をつとめるほど立派で、総畳数が九十九畳半もあった虎屋は、火事の後、半分以下の畳数になり、脇本陣のお役目を返上していた。

「南宿の虎屋は、けっこう繁盛しているが、同じ虎屋でも、あんなふうに女郎屋の真似はできねえ。あくまで平旅籠として、まっとうなお客人が安心して泊まれる宿でいかなきゃなあ」

「とはいっても、次に火事が起これば、もう再建は難しそうだね」

「それを言うねえ。俺だって色々方策を考えてるんだ」

「頼りにしてるよ。おとっつぁん」

「任せときなって」

徳左衛門は、分厚い胸をどんと叩《たた》いた。胸元のお駒に当たらぬように気をつけながら……。

おとっつぁんはお気楽なんだから。でも、あたしも同じだからねえ。明日葉は聞こえないようにつぶやいた。

明日葉という名は、徳左衛門がつけてくれた。今日摘まれても、明日《あした》には新しい葉を出す明日葉《あしたば》のように、たくましく生きて欲しいという願いがこめられていた。

おかげで、徳左衛門のように、くよくよせず、すぐに立ち直る性格に育ったものの、お気楽なところまで似てしまった。

「明日葉ももう二十一歳だ。とっくに婿取りしてたって良い歳だ。虎屋を盛り立ててくれるような婿を早えとこ見つけねえとな」

徳左衛門はうなずきながら言った。だが、心からではないことは見え見えだった。

今まで、いくつか縁談が持ち込まれたが、徳左衛門の眼鏡にかなう男はいなかった。

世間からは、徳左衛門が可愛がる余り、縁遠いなどと言われていたが、明日葉本人も、誰かと夫婦《めおと》になることなど、いまだにぴんときていなかった。

海からの風が心地よい。ふと見ると、絵描きの老人鉄蔵の姿は見えなくなっていた。今頃は駕籠《かご》に揺られて、江戸に戻る途中だろう。

「ほんとこういう海を見てると、生まれてきて良かったなって思うよね。ねえ、お駒ちゃん」

徳左衛門の胸元に納まったお駒に語りかけた。

きらめく沖には、白帆が浮かび、漁舟が舫《もや》っている。目を彼方《かなた》に転じれば、はるか、安房《あわ》上総の遠山が霞《かす》んで見えた。

「ふにゃあ」

お駒があくび混じりで返事をした。

第二話　白味噌《しろみそ》仕立ての小鍋《こなべ》

「めでたし、めでたし。お駒ちゃん、無事、ご帰還ですな」

虎屋に戻ると、揚げ戸の向こうから常七が声をかけてきた。お駒は徳左衛門の懐から飛び出して、あっという間に奥のほうに走り込んでいった。

「ところで、旦那《だんな》さん、また例の名無しのお客さまから荷物が届いてましたよ。水屋箪笥に入れてますあ」

常七の言葉に、徳左衛門は、一瞬、目を泳がせたと思うと、

「そ、そうか。まったくもって奇特なお方だな。礼を言おうにも、年中、旅暮らしだしな。第一、どこのどなたさまやらわからねえんだからな」言いながら、そそくさと台所に向かった。

たまに届く、土産物の送り主は、徳左衛門とどういう関係があるのだろうか。土産物が届くたびに、旅心がうずき出すのか、徳左衛門は落ち着きをなくして、近頃

では、それらしい理由をつけて旅に出てしまう。

「また旅に出るの？」

「ま、まあ、気が向きゃあな」

いつも歯切れが良い徳左衛門が、視線を合わさずに口ごもった。

「お伊勢帰りの御一行四名様、ご到着～」

常七の明るい声が、店の間から響いてきた。

旅人は、お伊勢参り帰りの二組の夫婦だった。老若二人の男は親子で、深川佐賀《ふかがわさが》町《ちょう》で、硯《すずり》や半襟、三味線などを納める箱をはじめ、茶棚や衝立《ついたて》を作る指物師だという。

夕餉《ゆうげ》の刻限となり、明日葉がお膳《ぜん》を運ぶと、二階の座敷には、猫が何匹も入り込んで、我が物顔でくつろいでいた。

「行きがけに、見送りの人たちと茶屋で呑《の》み喰《く》いしていたら、この宿の話を小耳にはさんでね。帰りに品川で一泊しようと決めていたんだよ」

年配の男は、近所の質屋で飼われている、茶虎猫のお茶々《ちゃちゃ》を膝《ひざ》に乗せている。

「噂に違《たが》わず、確かに猫旅籠《はたご》だねえ」

おかみさんが胸に黒猫を抱きながら笑った。野良の黒猫は少し迷惑顔である。

膳をお客の前に置く間にも、どこからか入ってきた、さび猫や白猫、白黒猫が宴会に加わった。

「じゃあ、猫用の食べ物もご用意しますね」

台所に戻って、鰹節《かつおぶし》ご飯を五枚の鮑《あわび》の殻に入れて盆にのせ、二階の座敷に戻った。

「おまえたちはこれだよ」

「喧嘩《けんか》するんじゃないよ」

餌に群がるさまを、楽しげに見物していた客たちは、猫たちが満腹になって、ぺろぺろ口の周りを舐《な》めるさまを堪能《たんのう》した後、ようやく銘々の膳の前に座って、出された料理に目を向けた。

料理は徳左衛門が作っていた。腰痛をかかえる常七は、長い時間、台所に立てないため、手伝う程度である。

献立は、手に入った食材に応じて毎日変わるが、凝った料理はなかった。今夜も、煮染《にし》めや汁物に、主菜は鰈《かれい》の煮付けだった。白く太い品川葱《ねぎ》も一緒に煮て添えてあった。

「おお、これこれ。ようやくお江戸に着いたって気がするねえ」

「江戸前の物が一番でえ」

客たちが、品川で獲《と》れた鰈に舌鼓を打つ。地の利を生かした、江戸前の魚介の新鮮さが売りである。

「切り口の身が、奇麗に透き通ってまさあ。鮮度が落ちた鰈だと、熱い湯にくぐらせてからでないと、生臭さがありますからなあ」

常七が得意げに口をはさんだ。

「あたしゃ、丼《どんぶり》にしよう」

若い女房が鰈の身をほぐし始めた。煮汁をご飯に回しかけて、ほぐした鰈の身を載せて、かき込む。

「この宿は良いや。近いうちに、呑み仲間を連れて一緒に来らあ」

若い男が上機嫌で、酒のお代わりを頼んだ。

昨日は、猫が近くにいると、くしゃみが止まらなくなる女の子連れの夫婦客がいて、父親が怒鳴り散らし、今すぐ医者を呼んでこいと大騒ぎになった。敷居の溝から、畳の境……隅々まで掃除を行き届かせるやら、風呂場《ふろば》にも猫を近づけないようにするやら大変だった。

こういう猫好きなお客さまばかりだといいのにと、明日葉と常七は目だけでうなずきあった。

その後も、酒のお代わりが続き、客達は夜通し呑みながら、猫たちと戯れていた。

翌朝、なかなか起き出さない客に、朝餉の用意ができましたと告げるため、階段を二、三歩上がりかけたときだった。にわかに二階の座敷が騒がしくなった。

「おっと、寝過ごしちまったい。頼んだ駕籠がそろそろ来てる頃でえ」

「あんた、早いとこ身支度するんだよ」

「あ〜、歯を磨く間もねえや」

「おはようございます」

声をかけて襖《ふすま》を開くと、真っ先に猫たちが飛び出して、階下や物干し場、隣の座敷へと、思い思いの方向に散っていった。

明日葉の顔を見て、年配の女が、せかせかと手早く帯を巻きながら、早口で言った。

「お腹がいっぱいだから、朝餉はいらないからね」

江戸っ子はせっかちと決まっているが、身支度を終えると、がやがや言いながら階下に下りていく。客たちが前日に頼んでいた駕籠が四丁、虎屋の前につけられていた。

ご満悦な一行が、草鞋《わらじ》を履いて、預けていた旅荷を受け取り、いざ旅籠の外に出ようとしたときだった。

「おい。どうしてくれるんでえ。これを見ろい」

平蔵らが、客を押しのけるようにして乗り込んできたかと思うと、帳場がある店の間に、土足でどかどか上がった。助六はなにやら大きな盆のような物を抱えている。

「何でえ」

帳場格子の内に座っていた徳左衛門が、すっくと立ち上がった。

「さあさあ、行こうかね」

揉《も》め事に巻き込まれては難儀とばかりに、客たちは、そそくさと駕籠《かご》に乗り込んだ。

「ありがとうございました」

明日葉と常七は表に出て、駕籠が見えなくなるまで丁寧に見送った。

店庭の土間に足を踏み入れると、お駒がついっと近寄ってきた。丸くなった大きな瞳《ひとみ》が明日葉を見上げる。しゃがむと、明日葉の腕の中に、ひょいっと飛び込んできた。

「お、お駒ちゃん」

明日葉はしっかと抱きしめた。お駒の確かな温《ぬく》もりが明日葉の心を、ぐぐっと勇気づけてくれる。なんだか強くなれる気がした。

行灯《あんどん》が倒れ、帳場の机の上にあった宿帳や筆、墨壺《すみつぼ》などが床に散らばっていた。

「平蔵親分、なんの用ですか。不作法は止めてください」

言いたい言葉が、なぜか口からすんなりとこぼれ出た。

「なんだとぉ」

助六が巨体を揺すりながらすごんだ。

「お駒が昨日、房丸に襲われた意趣返しに、布袋屋で悪さを働いたんだってよ」

徳左衛門があきれ顔で、首をすくめた。

「おう、明日葉よぅ。てめえが今、大事そうに抱いている、糞婆《くそばば》ぁ猫の、猫又のなりそこないがよぅ、親分のでえじなでえじな『砂絵』にくっせえ糞を垂れやがって、おまけに、足で砂を掻《か》いて、ぐちゃぐちゃにしちまったんでえ。目ん玉ひん剝《む》いてよっく見やがれ」

助六が早口でまくしたてながら、大きな盆を明日葉の前に突き出した。

色々な色の砂が混ざって、汚らしい土留《どど》め色になっていた。おまけに、猫のものらしい、臭いがきつい糞が鎮座している。

「確かに猫の仕業みたいだけど、猫なんて、そこいらにたくさんいるでしょ」

明日葉は盆から顔をそむけながら言い返した。

「俺は猫がでえっ嫌いなんでえ。犬みてえに、一宿一飯の恩に報いるどころか、長年食わしてやっていても、感謝の一つもしやしねえ。どちらが主人かって顔をしてやがるんだ。だから、猫は見るだけで虫ずが走るんだ。見世の女にだって、犬はかまわねえが、猫を飼うのは御法度だってきつく言い渡してあるんでえ」

上がり框《がまち》にでんと腰を下ろした平蔵がうそぶいた。

吉原同様、品川の遊廓《ゆうかく》でも、自分の部屋を持っている遊女は、狆《ちん》などの小型の犬や猫を飼っている者が多かった。

「お駒がやったって、見ていた人がいるとでも言うの？　言いがかりはやめて！」

お駒に励まされて、明日葉も果敢に言い返した。

「うちには房丸がいらあ。猫が迷い込んで来たら、ひでえ目に遭わすってことは、近所の猫どもは皆、合点承知の助でえ。つまりだな。駒の婆ぁは、昨日、うちの房丸に脅されたことを逆恨みして、こっそり忍び込んできやがったに違いねえんでえ。猫又だからこそできたこった」

「お駒が猫又なはずないよ」

明日葉の言葉に、徳左衛門も大きくうなずく。

「この砂絵はよ。大枚はたいて描いていただいた、でえじなものだ。なかなか描いてもらえねえ、ありがて～え砂絵なんでえ」

「いったい、どこのどなたが描かれたっていうの」

「清瀬天満宮に逗留《とうりゅう》なさっておられる、京は知恩院《ちおんいん》の高僧で、善空《ぜんくう》さまという偉《え》れえお坊様でえ。跡取り息子の清史郎が、ようやく戻る気になってくれたんだ。これ以上めでてえことはねえ。景気づけに、特別に描いていただいた、ありがて～え鳳《ほう》凰《おう》図でえ。きっちり元通りにしてもらおうじゃねえか」

平蔵は明日葉を見下ろしながら、あざけるように笑った。

「同じ砂絵をもう一度描いてもらいます。それなら文句ないでしょ」

お駒をぎゅっと抱きしめた明日葉は、きっぱりと言い切った。

「小娘のくせによう言うた。今日のところはその意気に免じて退散するぜ。弁償できなければ……いってえ、どうしてくれるか、楽しみだな。描き直してもらうなんてえことは、おいそれとはいくまいよ」

言うなり、平蔵は助六らを引き連れてぞろぞろ出ていった。

「明日葉、おめえ……」

「言い過ぎちゃったかな？　お駒ちゃんを抱きしめてたら、なんだか分からないけど、言いたい事が言えちゃった」

「今まで、そんなことがあったっけな」

「う〜ん。似たようなことがあった気もするけど、これが初めてかも……」

「まあいいさ。俺が言おうとしたことを明日葉が言っただけでえ。よく言ったさ」

徳左衛門は、ははは と豪快に笑った。

「ほっほ。普段の嬢ちゃんはいたって内弁慶で、言いたい事を言える相手は、旦那《だんな》さんとわしだけですのに不思議ですなあ」

常七は口元を緩めた。

「今から、その善空ってお坊さまに頼みに行くよ」

明日葉が、どんと胸を叩《たた》こうとしたときだった。お駒が、明日葉の腕からつるりと抜け落ちて、とんという軽い音とともに床に下りた。

「うにゃ〜ん」

お駒は、明日葉の足元にすりすりしてから、悠然と歩み去った。

「もうっ。あんたに疑いがかかって、えらいことになってるのに、他人事《ひとごと》みたいな涼しい顔をして。ほんとに隣まで仕返しをしに行ったんじゃないよね」

明日葉の言葉に、お駒が一瞬だけ振り向いたと思うと、そのまま薄暗い内庭に姿を消した。

「まさかね」

明日葉と徳左衛門、常七は顔を見合わせて首をすくめた。

そういえば……清瀬天満宮の参道で、女たちが話していたのは、砂絵のことだったのだと、今になって合点がいった。

「わけを話して一所懸命頼めば……な、なんとかなるよね」

自分に言い聞かせるようにしながら、明日葉は、さっそく清瀬天満宮に向かった。

石段を登り切った鳥居のところで、固まって話をしている女たちがいた。見たところ、近所のおかみさん連中らしかった。

「さすが京から来た、偉いお坊さまの描かれる砂絵は違うねえ。見物するだけでも御利益がありそうだったよねえ。お金があればうちも描いてもらうのにな」

「美しいお姿を見てると、あたしゃ、ぼう～っとなって、倒れそうだったよ」

「うちの宿六たあ、えらい違いさね」

「次はいつ頃始めるんだろうねえ。そろそろ店が忙しくなるんだけど」

おかみさんたちの声高な声を聞きながら、鳥居をくぐって狭い境内に入ると、本殿脇の一角に、五色の幔幕《まんまく》が張り巡らされていた。この中に違いない。

「すみません。善空さまはおられますでしょうか」

「おお、どなたかと思えば、虎屋の明日葉さんじゃないですか」

幔幕の中から、白衣に浅葱《あさぎ》色《いろ》の袴《はかま》をつけた若い神主が現れ、明日葉をよく知っているといった顔で、にこやかに笑った。口調がゆったりしていて、いかにも神職といったおっとりした様子に、明日葉はほっと肩の力を抜いた。

「ここで砂絵を描いておられる、善空さまにお頼み事がありまして……」

「おやまあ、虎屋さんもですか。昨日は布袋屋のご主人が来られましてねえ。『今すぐ描け』と脅され……いえ、ぜひにもとお願いされましてねえ。なにせ、この北宿では顔役、いえ、お偉いお方ですからねえ。無下にお断りするわけにもいかなくて……善空さまには、ご無理申しあげて先に描いていただいたのですよ。今は二十人以上お待ちいただいておりますから、虎屋さんが新たにお頼みになられても、いったいいつになりますものやら、皆目、分からないのですよ。善空さまのお心しだいで、お描きにならない日もございますしねえ」

神主は、いかにも困ったように眉根《まゆね》を寄せた。

明日葉が頼みあぐねていると……。

「何ですかな」

幔幕の中から、墨染めの衣をまとった、三十半ばと思われる、すらりとした僧が姿を現した。目元が涼しい。いかにも落ち着きがあって、徳を積んでいそうな貫禄《かんろく》と、同時に若々しい清々《すがすが》しさが感じられた。耳の大きいところが、常人とは違って見え、半眼の目は仏像を思わせた。

「この明日葉さんが、なにかご用がおありとか」

神主はそれだけ言うと、すたすた本殿のほうに向かっていった。

「お入りなさい」

善空の言葉に、恐る恐る、幔幕の中に入った。

茣蓙《ござ》の上に分厚い敷物が敷かれていた。祭壇の上に、厨子《ずし》に納められた仏像が安置され、砂絵に使われる諸道具が置かれている。道具類は、かなり使い込まれている様子だった。

幔幕の中は厳かな気配に満ちていて、すっかり気圧《けお》されてしまった。

よくある砂絵とはだいぶ違うみたい。明日葉は口元に手をやった。

砂書きとも呼ばれる砂絵は、願人《がんにん》坊主の大道芸と決まっていた。白砂や、染め粉で鮮やかな五色に染めた砂を手に握って、少しずつ地面にこぼしながら描いて、銭を乞《こ》う見世物である。だが、善空は、物乞い同然の願人坊主とはかけ離れた、気品と美貌《びぼう》を兼ね備えていた。

「拙僧になんのご用ですかな」

善空は静かに座した。墨染めの衣がしゃりんと優雅な音を立てた。香が焚《た》かれ、得も言われぬ香りがする。

半眼に閉じられた、善空の真鍮色《しんちゆう》の瞳《ひとみ》からは、感情が読み取れなかった。まるで優れた仏師の手になる仏像のようである。

「北宿の平旅籠《はたご》虎屋の娘で、明日葉と申します」

名乗った後が続かない。

「あ、あの……」

先程抱きしめたときのお駒の温《ぬく》もりを懸命に思い起こしながら、明日葉は言葉を絞り出した。

「も、もし、よろしければ、うちにお泊まりになりませんか。布袋屋さんが描いていただいた砂絵を拝見して、父がいたく心を動かされまして……ぜひ、お話をうかがいたいと申しております。もちろん、宿賃などはいただきません」

詰まりながらも、なんとか言い終えた。

いつの間にか戻ってきた神主が、善空の前に、丁寧な手付きでお茶を置きながら、おっとりした口調で口をはさんだ。

「それは良いお話ではございませんか。虎屋さんはこぢんまりした旅籠ではございますが、感じの良い、ゆるりとくつろげるお宿です。奇麗な内風呂《うちぶろ》もございますしねえ」

「しかし……」

迷っている善空に、明日葉は目で必死に訴えかけた。

善空は目を閉じてしばらく黙っていたが、半眼に開かれた目を明日葉のほうに向けると、ご託宣でも下すように言った。

「しからば、今宵《こよい》はご厚意に甘えるといたしましょう」

「ありがとうございます。で、では、後ほどお迎えに参ります」

明日葉はほっとしながら幔幕の外に出た。

虎屋に戻ると、お駒が帳場の文机《ふづくえ》の上で、長々と伸びて眠っていた。ぷぷぷ、ぷぷっ、ぷすーと、吐息のような可愛いいびきをかいている。そっと顔を近づけると、顔が触れ合う前に、長い髭《ひげ》が察知して、にゃっと、短く挨拶《あいさつ》してくれた。

「お駒ちゃんの応援のおかげで上手《うま》く行きそう。ありがとう」

明日葉はお駒の平べったい頭に頬擦りした。ついでに匂いを嗅《か》ぐと、日向《ひなた》のような良い匂いがした。

「どうだった？」

「上手く行きそうですか？」

奥から、徳左衛門と常七が出てきた。二人そろって、眉《まゆ》の辺りに皺《しわ》を寄せている。

「……というわけ。で、美味《おい》しい食事とお酒で歓待して、心がほぐれたところで、真心をこめて頼めば、なんとかなるんじゃないかな」

「おお、そうでえ。美味《うま》い物を食わせりゃいい。あんなちんけな神社の神主が用意する食事なんて不味《まず》いに決まってるからな」

「おとっつぁん、京から来たお坊さまだから、京風の料理を出すというのはどうかな」

「明日葉は良いことを言うじゃねえか。きっと上手く行くに違いねえよ」

「親子はよく似てますなあ。お気楽なところがそっくりですなあ」

横で聞いていた常七が、愉快そうに笑った。

「じゃあ、献立は頼んだぜ」

徳左衛門が常七の骨張った肩をぽんと叩《たた》き、常七は大げさに痛がってみせた。

「常七さん、なんの料理がいいかな。あたし、言われた材料を買ってくる」

「そうですなあ」

常七は顎《あご》の辺りを撫《な》でながら天井を見た。久しぶりに料理らしい料理を作れる。

常七の口元は緩んでいた。

「京のお人なら……やはり白味噌《しろみそ》を使ったものが、上品で良いでしょうな。『白味噌仕立ての車海老《くるまえび》の小鍋《こなべ》』なんてどうでしょうか」

「そりゃあ良い。きっと喜んでもらえるぜ」

「きっと上手くいきまさあ」

常七はしわしわの猿顔をほころばせた。

「常七さんだって、お気楽じゃない」

「長年、一緒に住んでいると、似ちゃうんですよ。わたしゃ、何事にも慎重なはずだったのに、すっかりお二人のお気楽さがうつっちまいましたな」

常七は、鼻の横に皺を寄せて、首をすくめた。

「品川の海は『江戸前』そのもの。新鮮な海の幸が珍しい京の人は特に喜ぶよ」

明日葉は自信たっぷりに胸を張った。

この品川宿周辺には、江戸湾に沿って、品川浦にある南品川猟師町と、御林浦《おはやしうら》にある大井《おおい》御林猟師町の二つの漁師町があった。

南品川猟師町は、南品川宿から目黒《めぐろ》川に沿って突き出した洲崎《すさき》にあり、虎屋の二階からも、猫の尻尾《しっぽ》のような長い砂州が見えた。北品川とは、川をはさんで真向かいなのに、町名に『南品川』とついているのは、南品川の漁師町がそっくり移転してきたからだった。

「車海老なら今からが旬でえ。他にも美味い魚介を食ってもらって、『御菜肴八ヶ浦《おさいさかなはちかうら》』で名高い、品川の海の幸を堪能《たんのう》してもらうとしようぜ」

御菜肴八ヶ浦とは、元浦の本芝《ほんしば》・金杉《かなすぎ》、品川・御林・羽田・生麦《なまむぎ》・神奈川・新宿《しんじゅく》の浦々のことで、鰈《かれい》・鮎並《あいなめ》・車海老などをはじめ、さまざまな魚介類を江戸城に献上することになっていた。

明日葉は白味噌、酒粕《さけかす》などを買いに走り、徳左衛門は、車海老など海の幸を分けてもらうため、おとよの嫁ぎ先、南品川猟師町に向かった。

半刻《はんとき》ほど後、竈《かまど》が置かれた内庭は、にわかに活気づいた。

常七が主になって料理を作り、徳左衛門と明日葉が手伝う。お駒も台所の板敷きでくつろぎながら、進捗《しんちょく》具合に目を光らせている。

小鍋に白味噌《みそ》と酒粕で味つけした出汁《だし》を入れ、車海老と湯がいた水菜を加えて火に掛ければ、白味噌仕立ての車海老の小鍋の出来上がりだった。

「二つ余分に作りますかね。善空さまの分は、お出しする直前に火に掛けるとして、お二人にも賞味していただきましょう」

常七の嬉《うれ》しい発案で、徳左衛門と明日葉も相伴できることになった。明日葉と徳左衛門は、他の料理は常七に任せ、台所の板の間に座って、ありがたく賞味し始めた。

車海老の赤い色が、水菜の鮮やかな碧《みどり》色と相まって、白い味噌の汁に映え、いかにも絵になる料理だった。お駒も近づいて匂いだけ念入りにかいでから、おもむろに香箱《こうばこ》を作った。

「さすが、爺《じい》さんだ。体にするっと入る美味さだな」

「白味噌は甘さがあってまろやかだね、おとっつぁん」

「お上品な味が、俺にゃちょっと馴染《なじ》めねえがな」

徳左衛門の言葉に、竈に向かっていた常七の背中が、ぴくりと動く。

「もうっ。おとっつぁんたら。そんなことを言って」

「ま、京の出の善空さまの口に合えばいいってこった」

「確かに、料理って奥が深いというか、人によって感じ方、好き嫌いがあるから、正しい答えってないんだよね」

「おっ、嬢ちゃん、一人前に料理する人みたいな言い草ですな」

車海老同様、これからが旬の鰆《さわら》の切り身を塩焼きしながら、常七が口をはさんだ。

日が傾きかけた頃、明日葉の案内で、善空が高僧のように静々と虎屋の暖簾《のれん》をくぐった。仏像が納められた厨子《ずし》を背負い、砂絵の諸道具を大事そうに抱えている。

徳左衛門と常七が、上がり口の板の間に座って丁寧に挨拶し、善空は静かに合掌した。

善空に、新湯《さらゆ》のお風呂《ふろ》に入ってもらった後、二階の部屋に案内して、徳左衛門と明日葉は、料理の膳《ぜん》と酒を運んだ。膳には、白味噌仕立ての車海老の小鍋のほかに、鰆の塩焼き、蒟蒻《こんにゃく》の白和え、湯葉と百合《ゆり》根と椎茸《しいたけ》の煮《に》染め、香の物を添えてあった。

「他のお客さまはお断りいたしました。ゆっくりお過ごしいただけると存じます」

徳左衛門は調子の良い事を言った。

「痛み入ります」

善空は静かに頭を下げた。浴衣《ゆかた》に着替えて、くつろいだ身なりになっていても、体から、高僧らしい威厳が漂い出ている。

「京風にできるだけ近づけました。ご賞味ください」

徳左衛門が酒を勧め、明日葉は部屋を辞した。渦中のお駒は、どこで眠っているのか、姿が見えなかった。徳左衛門なら上手《うま》く掛け合えると期待していたが……。

しばらくすると、徳左衛門が、階段をとんとんと下りてきた。

「大事な寄り合いがあるのをすっかり忘れていた、と言って逃げてきたんだ」

「で、善空さまはどうおっしゃったの？」

「実は、まだ切り出してねえんだ。澄まして、取り付く島もねえっていうか……聞き出したのは、何でも京でも名のある公家《くげ》の二男で、知恩院で寺小姓をつとめていたが、親の死後、得度して僧になった。さらに一念発起して、修行のため諸国を巡るようになった。幼い頃、境内に出ていた砂絵の見世物を見て、見よう見真似で試みるようになり、長じてからも工夫を重ねた。そのうち、人に頼まれて、無病息災、病気平癒など、願掛けとして、砂絵を描くようになった……というくれえかな。俺《お》りゃあ、目明かしだから、聞き出すのは大の得意なんだが、頼み事はどうも苦手でな。明日葉、おめえに任せたぜ」

徳左衛門は情けなさそうに、切れ長で派手派手しい目を瞬《しばたた》かせた。

「とにかく拝み倒して頼んでみるよ」

「明日葉、しっかりな」

徳左衛門は、にかっと白い歯を見せながら、小店の奥の間に引っ込んでしまった。

徳左衛門に代わって善空の部屋に向かった明日葉は、

「砂絵って、その……同じ絵を描くことはできないのですか」

お酌をしながら遠回しに聞いたが……。

「同じ絵を描くことなど絶対にできませぬ。御仏《みほとけ》の思し召しのままに、精魂こめて、いえ、命を削って描くのです。わたしの砂絵を軽う見られては困ります」

ぴしゃりと言われて、なにも言えなくなった。落胆しながら、膳を片付けていると、

「旅籠《はたご》の料理はどこも似たようなもの。料理人を置くところはまれゆえ、口に合わぬものばかりでしたが、今宵《こよい》は良き思いをさせていただきました。はは、京が恋しくなりましたのう」

料理のことを話すときだけ、わずかに口元をほころばせた。

「父も喜ぶと思います。寄り合いから戻りましたら伝えます」

明日葉は丁寧に頭を下げた。言葉の接《つ》ぎ穂を探して、ぐずぐずしていると……。

「休む前に、心静かに瞑想《めいそう》いたします。床は後ほど自分で延べますゆえ、お気遣いなく」

ぴしゃりと心の戸を閉められてしまった。

明日《あした》の朝にもう一度、頼んでみるしかないと思いながら、障子を開けようとしたときだった。

「みゃう」

障子の向こうでお駒の甘い声がして、障子の桟を、かっかっかっと、爪でひっかく軽い音がした。

「お駒ちゃん、障子の桟に傷をつけたら駄目でしょ」

明日葉が障子を開けると、お駒がのっそり、いや、しとやかな足取りで部屋に入ってきた。

善空はお駒を一瞥《いちべつ》したが、すぐ目をそらせた。どうやら猫が好きではないらしかった。

「これこれ、お邪魔しては駄目だからね」

明日葉は、嫌がるお駒を背後から抱え上げて廊下に出した後、膳を持って階下に向かった。お駒はすねたのか、明日葉と一緒に下りず、善空の部屋の前の廊下で香箱座りをして動かなくなった。

階下に下りると、常七が、新たな客の応対をしていた。

大戸を閉める刻限になってやってくる旅人は珍しい。しかも一人旅らしく、連れがいなかった。

（おとっつぁんが、他のお客さまは断ったって、善空さまに言ってたのに、常七さんったら知らなかったのかな）

盥《たらい》の湯と手拭《てぬぐ》いを用意し、客の足を洗おうとして顔を見上げると……御殿山で出会ったあの絵師鉄蔵だった。

「あの後、すぐに帰るつもりじゃったが、南品川に住まう、古うからの弟子に見つかってしもうての。ぜひにと乞《こ》われて一晩厄介になったのじゃ。そうそう、夕餉《ゆうげ》は弟子の家で済ませたからいらぬでの」

足を洗った鉄蔵は、よっこらしょという掛け声とともに、店の間に上がった。

「一昨年《おととし》より、放蕩《ほうとう》者の孫の尻《しり》ぬぐいで偉い目に遭《お》うてのう。すっかりうらぶれてしもうたわしじゃが、師匠、師匠と、今もありがたがってくれる御仁はおるものだ。しばらく逗留《とうりゅう》してはどうか、それが無理なら、せめてもう一晩と引き留められての……それを丁重に断って、さて駕籠《かご》を頼む段になって、急におまえさんとお駒ちゃんのことを思い出してな。我が家に戻る前に、もう一泊。猫旅籠がどんな旅籠か泊まりに来たのじゃよ」

「そうだったんですね。ありがとうございます」

話す間にも、戸口から、茶虎猫のお茶々が、しゃなりしゃなりとやってきた。お茶々は温厚でしとやかな猫だった。

途端に、鉄蔵の目の色が変わった。

奥座敷のほうからも、野良の黒猫で、明日葉らが黒ちゃんと呼んでいる牝猫《めすねこ》がすたすた、我が物顔で現れた。黒はおっとりしているようで気の強い猫なので、争い事を好まないお茶々は、ついっと場所を譲った。

「これは楽しくなってきたの」

鉄蔵が黒を抱き上げると、お茶々がごろごろ喉《のど》を鳴らしながら、わたしも可愛がってと、鉄蔵の足に頭をすりすりする。

「では、お部屋にご案内いたします。その後、ゆっくりお風呂に……」

「風呂はいらないからね。猫が喜ぶ物でも持ってきてもらおうかの」

老人は部屋に猫を呼び入れて、絵を描くつもりなのだろう。

明日葉は、お茶と煎餅《せんべい》、そして、鮑《あわび》の殻数枚と笊《ざる》に入れた煮干しを手にすると、老人を案内して二階に上がった。

「うちのお駒はそこに……」

言いかけたが、廊下にお駒の姿はなかった。

二階は街道に面して六畳の座敷が二部屋あった。善空の部屋はまだ行灯《あんどん》の灯《あか》りが明々と灯《とも》っていて、障子に善空の影が映っている。

「お駒どの」

善空の声とは思えない、猫なで声が聞こえてきた。相槌《あいづち》を打つようなお駒の声もする。

なんだ。善空さまって、猫好きだったんだと、急に嬉《うれ》しくなってきた。

「こちらです」

鉄蔵を隣の部屋に案内した。新たに、さび猫のくうが、二階の物干し場からやってきた。べっこう飴《あめ》とも呼ばれるさび猫は、三毛猫と同じで、ほとんど牝ばかりだった。南品川猟師町からやってくるくうは、気が強いが案外、臆病《おくびょう》なところがある猫で、見慣れない鉄蔵に、おっかなびっくりな様子である。

「よしよし。一緒に遊ぼうなあ」

鉄蔵は、明日葉のことをすっかり忘れている様子で、茶虎、黒、さびの猫を、部屋に招き入れた。

「ではごゆるりと……ご用がございましたら、ご遠慮なくお声をおかけください」

お茶と猫の餌を置いてから、暗い廊下に出ると、善空とお駒の会話はまだ続いていた。

偉いお坊様は、お駒ちゃん相手にいったいなにを話しておられるのかな。ちょっと立ち聞きしちゃお。首をすくめながら、明日葉は耳を澄ませた。

「なあ、お駒、俺はこの先もこのままでいいと思うか」

「にゃ」

「俺の砂絵なんぞ、たいしたもんじゃねえんだが、もったいぶって描くと、我先にと、多額の喜捨をしてくれるんだ。最初は、願人坊主の砂絵と、馬鹿にされて、物乞《ものご》い同然だったんだがな。あるとき、浅草寺《せんそうじ》の境内で、二両余り入った財布を拾ってなあ。その金を使って小奇麗な身なりになったんだ。で……それを機会に、ふざけ半分で、大層な素性をでっち上げ、厳かな所作で描くようになったらよ。急に、見物人の態度が変わりやがった。それにゃ、俺も驚いたぜ。それだけに止《とど》まらず、寺社が、格別に扱ってくれるようになって、坊主や神主と組んでもうけるようになったんだ」

善空の話の合間に、お駒が相槌を打つように、「にゃっ」と短く鳴く。とんだ食わせ物だった。まともなお坊さまなんかじゃなかった。明日葉は、一言一句聞き逃すまいと、さらに耳を澄ませた。

隣の部屋からは、猫と戯れる鉄蔵の声と猫が畳の上で暴れる、どたんばたんという、猫の重みを感じさせる、愛らしい物音が響いてくる。

「お駒、おめえは子供の頃、家で飼っていた猫にそっくりだ。あの頃は子供だったから、ひでえいたずらをしたこともあったが、俺に一番、懐いてくれてなあ。けっこう長生きしてくれたっけ……思えば、あの頃が懐かしいなあ。家業を嫌って家出なんてするんじゃなかった」

善空の声がしだいに湿り気を帯び始めた。

「みゃおぉん」

お駒が絶妙な相槌を打つ。

「国に戻ってみようかな。この前、筑前《ちくぜん》の国を旅したとき、福岡を訪ねてみたんだ。いまだに親父とお袋は元気にしてたよ。けど、親父もお袋ももう老い先短い。国に戻って、一から修業をし直して、四代も続いている家業の硯師《すずりし》を継ぐにゃ、今しかない……なあんてな。お駒はどう思う？」

「にゃ」

「おまえもそう思うかい。いつまでもこんな嘘っぱちな稼業を続けてたって、ろくなことはねえからな。けど、この暮らしもまんざらじゃねえしなあ。なにより、砂絵を描いてると、楽しくてしょうがねえんだ。だから、正直、迷ってるんだ」

お駒に問いかけているというより、己の心に語りかけているのだろう。

ようし。これはいけそう。明日葉は心の中でぽんと手を打った。部屋にはお駒もいる。明日葉は、階下に下りると布袋屋が置いていった大きな盆を持って、再び薄暗い階段をとんとんと上った。

善空の部屋からは、お駒がぱたぱた畳をけって走り回る音が響いてくる。あくまで密《ひそ》やかだが、楽しげな笑い声がする。

逆に、鉄蔵の部屋は、灯りがついているものの、しんと静まり返っていた。絵師さまは、遊び疲れてくつろいでいる猫の写生に夢中なのだろう。

「善空さま」

声をかけると、部屋の内が急に静かになった。

「何でしょうか」

身じろぎして居住まいを正す微《かす》かな音がした。

「失礼いたします」

廊下に座した明日葉は、障子をすっと開いた。

六畳の間の上座に善空が座り、お駒は部屋の真ん中あたりでくつろいで、『このあたしが騒いでいたなんて、そんなことはございません。前からこうしておりましたが、なにか？』とばかりに、優雅に毛繕いしている。

善空も悟り澄ました顔で、またも半眼になっていた。

お駒ちゃん、助けて。明日葉は、お駒のほうにそっと手を伸ばした。

「にっ」

お駒はすっと身を起こすと、すんなり明日葉の腕の中にはまり込んでくれた。ぎゅっと抱きしめた。温《ぬく》もりと確かな鼓動が明日葉を勇気づけてくれる。

「お願いがございます」

明日葉は声を張った。

「願いとな？　砂絵のことなれば、神主殿に相談なさるがよかろう」

善空が厳かに答える。

「砂絵のことには違いありませんが、ここにおりますお駒に関わることでもあるのです」

あくまで神妙に切り出した。

「な、なんと。このお駒どのに関係があることとは？」

善空の半眼の目がわずかに泳いだ。

「……というわけなのです。お駒はなにもしていないのに、下手人だと決めつけられてしまい、弁償できなければ、ひっ捕まえて打ち殺すとまで言われたのです」

明日葉は『女は度胸』とばかりに、大げさに話した。

「おお、それは……」

善空はかっと目を見開いた。真鍮《しんちゅう》色に見えていた瞳《ひとみ》は、黒く深い色をしていた。

「まるきり同じ砂絵が無理なのは、素人のあたしにもよく分かります。でも、同じ題材なら描けるのではないでしょうか。似たように描けば、平蔵に見分けなんかつきゃしません。寸分変わらないと言っても通りますよ」

「ううむ」

善空は腕組みをしながら天井を見た。

明日葉の腕の中のお駒は、善空の顔をじっと見上げている。生まれたばかりの子猫のようなつぶらな瞳で……。

お駒の視線に気づいた善空は、お駒に向かって大きくうなずいた。

「人助け、いや、猫助けのためというわけですな。よし、善は急げです。今すぐ描いてしんぜましょう」

「ありがたきお言葉、痛み入ります」

頭を下げた明日葉の胸から、お駒がひょいっと飛びだして、畳の上に降り立った。

「では支度をいたしましょうぞ」

善空は浴衣《ゆかた》から墨染めの衣に着替え、古びて曰《いわ》くありげな金襴《きんらん》の布をおごそかに敷くと、その上に、砂絵の諸道具を、大層な茶道具のように並べ始めた。明日葉が、廊下に置いていた盆を善空の前にうやうやしく置いた。

「まずは、祈念いたそう」

善空はなにやらお経を唱え始めた。

よく通る美声である。名だたる高僧の読経《どきょう》もかくやと思わせた。顔がまれに見る美男なのでなおさら、ありがたいお経に聞こえ、天上の楽の音まで響き渡ってきそうである。半眼に閉じた横顔は神々しいばかりで、まさに御仏《みほとけ》そのものに見えた。信奉者がどんどん増えて、ありがたがられるのもうなずけた。

「よし」

善空は精神を統一して描き始めた。明日葉は息を詰めて見守る。お駒もじっと見詰めている。

す、すごい！　見事な手捌《てさば》きは手品を思わせた。なにもなかった盆の上に生き物の息吹が生じる。

今、このときは、詐欺師ではなく、まさに仏が降臨していた。

瞬《まばた》きする間に、盆の中に一つの宇宙が生まれる。天上の世界はかくやと思える豪華で、おごそかな鳳凰《ほうおう》図ができあがった。

ぱちぱちぱち。派手に手を叩《たた》く音に、明日葉と善空は音のしたほうを見た。

いつの間にか廊下の障子が二尺ほど開かれていた。

「見事なものじゃな。わしもおおいに心を動かされた。近くで見てもよいかな」

言いながら、鉄蔵が部屋に踏み込んできた。

「も、もしや、あなたさまは……今は、確か……為一《いいつ》先生……と申されましたかな」

「ただの貧乏絵描きじゃよ。還暦を過ぎた頃より、そのように記しておるがな」

よく分からないが、鉄蔵はかなり有名な画人らしかった。

「良きものを見せてもろうた。わしもさらに精進せねばな」

「とんでもございません。とんだお目汚しで」

「迷わずに道の先を目指せば、おのずと開けるものじゃ。おまえさんには、天賦の才がある」

「滅相もございませぬ。まだまだ思うようには描けず、たいそう難儀いたしております」

「まあ、わしとて、この歳で、まったくもって道半ばじゃがな」

お互いが謙遜《けんそん》のし合いをしているように思えた。

すごい人ほど謙虚なのだろう。自分の足らない部分を知って、さらに補うのが、ほんとうにすごい人なのだ。明日葉は感心しながら、大きくうなずいた。お駒も横で大きくうなずいている……と思ったら、毛繕いしているだけだった。

「わしが今、鳳凰図を描くとすればじゃな……」

鉄蔵は紙の束と矢立を持ち出して、さらさらと絵を描き始めた。

「おお、そういう構図は斬新《ざんしん》ですばらしいですなあ」

善空と鉄蔵は、明日葉のことなど忘れて、夢中になって話し始めた。

「良かったな、明日葉」

徳左衛門の弾んだ声に、明日葉は振り向いた。

「全部、このお駒ちゃんのおかげよ」

言いかけて、もうそこにお駒の姿がないことに気がついた。

「ほんとにお駒ちゃんの仕業だったのかもねえ。あたしたちに悪いことをしたと思って、善空さんの説得に一役買ってくれたのかも」

「猫ってえものはよく分からねえからな。人の言葉なんてまるで分からないふりで、ちゃあんと聞き分けて、気が向いたときだけ助けてくれるんだな」

徳左衛門は得心したように何度もうなずいた。

明日葉は、猫を語るときの徳左衛門の顔が一番好きである。ひょっとしておっかさんは猫に似ていたかも……明日葉はふと思った。

「さっそく布袋屋に持っていこうよ。おとっつぁん」

「よし、行くぞ」

明日葉と徳左衛門は、勢い込んで表に出た。あくまで盆は、そうっと運びながらだったが……。

布袋屋の内は今や宴たけなわ。見世の中から三味線や太鼓のにぎやかな音が聞こえてくる。

客引きをしていた妓夫《ぎふ》に声をかけると、しばらく待たされた後、派手派手しい褞袍《どてら》を羽織った平蔵が、面倒くさそうな顔をしながら出てきた。いつものごとく、助六の他に、子分が数人、ぞろぞろ付き従っている。

「今から大事《でえじ》な遊び場の様子見に行くところだからな。早《は》えとこケリをつけちまおうぜ。どれ、本物かどうか見せてもらおうか」

「とくと見てくんな」

徳左衛門が、砂絵が描かれた盆を示した。

「ふうん。似ちゃあいるが、ほんとに善空さまが描かれた砂絵かどうだか怪しいもんでえ。それに……鳳凰の向きが逆じゃねえか。こんなまがい物で誤魔化されねえぞ」

平蔵の言葉に、明日葉の首筋に冷たい汗がじっとりとわいてきた。

「そ、そんなはずないよ。善空さまが間違えられるはずがないでしょ」

思わず、声が震えた。

「小娘は黙ってな。こんなまがい物は受け取れねえ。どうしてくれるんでえ」

平蔵は蛇を思わせる目ですごんだ。そうだそうだと、助六たち子分も騒ぎ出した。

しばらく押し問答しているところに……。

布袋屋の大暖簾《のれん》をくぐって、すらりとした影が現れた。

清史郎だった。

くつろいでいたらしく、着流し姿で脇差しもなく、胸元をくつろげて懐手をしている。どこか崩れた影は、子供の頃に遊んでもらった清史郎とは別人に思えた。

「親父、どうしたんだ」

「おお、清史郎か。まあ、見てみな。鳳凰が逆向きだろがよ」

「ふうん」

清史郎は砂絵に近づいてじっくりと見た。形の良い眉《まゆ》が癇性《かんしょう》に動く。

善空の思い違いで、逆に描いてしまったかもしれない。明日葉も徳左衛門も、固《かた》
唾《ず》を呑《の》んで清史郎を見つめた。

「俺のために描いてもらったのなら、俺のもんだろ」

清史郎は投げやりな口調で言った。

「持ち主が、寸分同じだと言えば、同じなんだよ」

くるりときびすを返して見世の内に姿を消した。

「て、てめえ。俺に恥をかかせる気か」

平蔵が夜目にも分かるほど顔を赤らめた。こめかみに青筋が浮く。

「親に向かってあの言い方はねえですよ」

助六が煽《あお》った。ぐむむと平蔵がうなる。

「親分」

四十絡みで訳知り顔の子分、鬼平《おにへい》が、平蔵に顔を寄せた。鬼平は、平蔵の参謀格で、一の子分を自称する助六とはそりが合わなかった。

「まあまあ、若は度量の大きいところを見せようってんでしょ。また江戸に戻るなんてへそを曲げられちゃ、困るんじゃねえですかい」

鬼平の言葉に、平蔵のげじげじ眉が上がったり下がったりする。

「た、確かに、今はでえじなときだ。にらみを利かすためにゃ、凄腕《すごうで》の用心棒が必要だからな」

平蔵はそのまま、街道筋に足を踏み出した。渋い顔をした助六と、したり顔の鬼平らが付き従う。平蔵の、肩で風を切って歩く後ろ姿を見ながら、明日葉はため息を吐いた。

「親子でぎくしゃくしているみたい」

「あの親子は実の親子じゃないしな」

「ええっ。あたし、今まで全然、知らなかった」

「顔がまるで違うだろ。清史郎は、先代の平蔵が健在だった頃、板頭だった、なをってえ女郎が産んだ父無《てて》し子なんだ。堕《お》ろさずに赤子を産んだってえことは、なをは、よほど売れっ妓《こ》で、だいじにされていたんだろうな」

「で、そのなをさんって人は？」

「赤子を産んですぐ、いけなくなっちまってなあ。何度、女を作っても、子ができなかった平蔵は、清史郎を養子として引き取って、次期親分、つまり『若』にしたってえわけだ」

「父親のくせに情がないと思ってたら、そういうわけがあったんだね」

「稼業を嫌って飛び出した清史郎に『弥太郎に俺の命が狙われている』とでも泣きついて、呼び戻したんだろうな」

「知らなかったよ。急にいなくなったので、おかしいと思ってたけど、色々、複雑なんだね。突然品川から姿を消したのも、生半可な理由じゃなかったんだね」

幼い頃から清史郎に抱いていた、わだかまりがすうっと消えていく気がした。

「平蔵は清史郎を道具にしか思っちゃいない。清史郎本人だって、どういうつもりで戻ったのだかなあ。そこまではさすがの俺も、まだ分からねえ」

虎屋の暖簾の内に入ると、薄暗い階段の下に、善空と、斑猫《ぶちねこ》とさび猫を抱いた鉄蔵が立っていた。

「その顔だと、上手《うま》く収まったみてえだな」

鉄蔵が笑い、善空がおごそかにうなずいた。

「善空さま、助かりました。ありがとうございます」

徳左衛門と明日葉は善空に向かって、丁寧にお辞儀をした。

「お駒どのを一目見たときは驚いたものです。子供の頃に飼っていた猫の生まれ変わりかと……ともあれ御仏のお引き合わせでしょう」

善空はおごそかに合掌した。墨染めの袂《たもと》がしゃりっと良い音を立てた。

翌日、夜明けにはまだまだ一刻《いっとき》もある七つ刻……。

「おや、嬢ちゃん、早くからどうしたんですかい」

竈《かまど》がある内庭に、襷《たすき》と前掛けをしてやってきた明日葉を見て、常七が目を丸くした。

「朝餉《あさげ》の用意、あたしにさせて」

「こりゃまたどういう風の吹き回しでえ」

暗い井戸端で顔を洗っていた徳左衛門が、からかうように言った。

「善空さんに、お礼の気持ちをこめて、なにか作ろうって思いついたの。ついでに絵師さまにもね」

「その心掛けは良ろしゅうございますが、いきなり、妙な代物を食べさせられる善空さまもありがた迷惑ですねえ」

常七が抜けた歯の間から息を漏らしながら笑った。

「せっかくだが、あの絵師さまは、もう、立たれたぜ」

徳左衛門が手拭《てぬぐ》いで顔を拭《ふ》きながら、口をはさんだ。

「何でも、新しい着想を試すため、急いで江戸に戻りたいと、急なお立ちでした。わしが、きららご飯でお握りを作ってお渡ししやした」

駕籠《かご》で帰る途中で、夜が明け出して提灯《ちょうちん》がいらなくなり、市中に入る頃にはすっかり朝という塩梅《あんばい》だろう。

「一昨日《おととい》は、ほぐしたところ昆布を入れ忘れてやしたが、今朝はちゃんと加えましたからね。今頃は駕籠に揺られながら、ほおばってなさるでしょうよ」

常七は遠くを見るような目で言った。

「あ〜、しまった。有名な絵師さんなら、お駒ちゃんを描いてもらえばよかった」

「そんなことされちゃ、こちらが、宿賃をただにするどころか、相当な餞別《せんべつ》までしなきゃならなくなったんですから駄目ですよ」

常七がすました顔で応《こた》えた。

有名な文人、学者、画人などが宿に泊まった際、揮毫《きごう》や絵を頼んで掛け軸に仕立て、離れや座敷に飾ることがよくあった。むろん宿側は、それなりの礼をすることになる。

「かの有名な葛飾北斎《かつしかほくさい》って名前くれえ、明日葉だって知ってるだろ？」

徳左衛門が茶々を入れるように言った。

「鉄蔵さんとか為一さんとか名乗ってたのに、あの人が有名な葛飾北斎？　でも、おとっつぁん、よく分かったね」

「あ、いや。旅立たれた後になって、善空さまから聞いたんだけどな」

「なあんだ」

明日葉と徳左衛門は二人して顔を見合わせ、くつくつと笑った。

「何でも、あの先生は名前をどんどん変えるお人で、しかも引っ越ししてばかり。今までになんと五十回ほど家移りしたそうですよ。今年の正月から富士山を描いた錦絵《にしきえ》が売り出されて、えらく評判らしいですなあ」

常七が、これまた善空から仕入れたらしい話を、訳知り顔でつけ加えた。

「さてと」

さっそく米を念入りに研いで炊き始めた。米を炊くのも案外、要領がいるが、それくらいなら明日葉にもできる。

「送ってもらった尾張の干し大根を使って『はりはり漬け』ってのはどうかな」

徳左衛門に教えられて、さっそく取りかかることになった。

「尾張から送られてきた、選《え》りすぐりの干し大根だからな。まずは、苦味が出ねえよう、味醂《みりん》で洗うんだ」

「高価な味醂で洗うってところが、すごく贅沢《ぜいたく》だね」

洗ってしばらく水に浸してから、戻した干し大根を刻んで、さっと湯通しした。熱いうちに、酢、醤油《しょうゆ》、味醂で漬ける。

「ほんとはもう少し長く漬けたほうが、味が染みて良いんだけどな。しょうがねえやな」

地味な割にぜいたくな漬け物ができあがった。

「あとは、茄子《なす》の味噌汁《みそしる》と、蒟蒻《こんにゃく》の白和え……それと、昨日、旦那《だんな》さんがおとよのところからもらってきた、さよりの一夜干しを焼きますかね」

茄子は裏の畑で、常七が丹誠こめて作っている。選びに選んで、つるつる青々した、一番、できが良い茄子を一つ、もいできた。

「全部、嬢ちゃんが作るのは、無理がありますから、わしらが手伝いますよ」

蒟蒻の白和えを常七が作り、徳左衛門がさよりを焼く。さよりを焼く、香ばしい匂いに、明日葉の口の中に唾《つば》がわいてくる。

慣れない料理でずいぶん、時間を食ってしまった。夜明け頃に立つ旅人なら、まだかまだかと急《せ》かされ、叱られているところだった。

ふだん、お膳《ぜん》を運んだ後は、すぐ部屋を辞すことになっていた。飯盛女がいない平旅籠《はたご》でも、地味な綿の着物姿の女中が、乞《こ》われれば夜のお相手もする、あいまいな宿が多かった。給仕をしていると、お客に誤解されて、価を聞かれることもある。

夕餉《ゆうげ》にせよ、朝餉にせよ、ふだんなら膳を置いてさっさと部屋を出るのだが、今朝は、もう少し話していたい気がして、そのまま部屋で給仕をすることにした。

善空の脇には、お駒がちょこんと座っている。

「昨晩、お駒どのと話をしていて、心の整理がつきました。故郷に戻って還俗《げんぞく》し、親の家業を営む傍ら、砂絵をきわめていこうと思います」

相変わらずの半眼で、僧侶《そうりょ》らしく、おごそかに告げた。

「きっぱり砂絵は止めようと思っていましたが、為一先生のお言葉に励まされました。砂絵を描いて、人に喜んでもらえればいい。お金を得る手段にせず、続けていくつもりです」

言い添えてから合掌し、まずはさよりの一夜干しに箸《はし》をつけた。身をほぐして、優雅な手付きで口に運ぶ。

「やはり江戸前だけあって、一夜干しも味が違います。適度に塩が利いて、身が引き締まっているが、柔らかさがしっかり残っていますね」

「お江戸と比べれば田舎ですが、その分、海の幸では負けません」

明日葉は胸を張った。

善空は一夜干しを奇麗に食べ切ってから、いよいよ、はりはり漬けに箸をつけた。どう言われるかな。明日葉は思わず身を硬くした。お駒も善空の手の動きを目で追っている。

「はりはり漬けと味噌汁は、あたしが作りました。できが悪くてすみません。実は……」

しどろもどろになりながらも、不慣れなこと、どうしても善空のために料理を作りたいと思ったことを伝えた。

善空は優しげに微笑んだ。だが、半眼の目線は合わなかった。

干し大根を嚙《か》む、こりこりというさわやかな音が部屋に響く。温かい味噌汁に口をつける。茄子がきゅっという小気味良い音を立てた。

「正直なところ、上手とは言えませんが、明日葉さんの真心がこもっています。心がこもらない、とりすました料理に価値はないです。食べる相手のことを思って作る料理にこそ値打ちがあります」
「善空さまが出直されるように、あたしもこれから出直します。どのくらいかかる
か分かりませんが、心がこもった美味《おい》しいお料理を出せる旅籠にしたいです。でき
れば……お客さまが今この瞬間《とき》に召し上がりたい料理を作れるようになりたいです」
なぜだか急にやる気がわいてきた。
明日葉の言葉に、お駒が「にゃん」と一声鳴いた。
「お互い、頑張りましょう」
善空は、いつもの半眼ではなく、はっきり目を開いて、明日葉の目を見詰めた。
善空を送り出した後、二階の片付けに行った明日葉は、為一こと葛飾北斎の泊ま
った部屋の障子を開けて驚いた。
床の間に一枚の絵が残されていた。落書きのように描き殴られた絵には、仇《あだ》っぽ
く寝そべるお駒を真ん中に、他の猫たちが戯《じゃ》れるさまが、まるで生きているように
描かれていた。
猫が皆、それぞれ人のように着物を着ている。若い猫は振袖《ふりそで》、壮年の猫は着流し、

お駒は花魁《おいらん》のような打ち掛け姿である。

またお越しになればいいな。明日葉は半紙に描かれた画《え》を見詰めながら思った。

第三話　ぱりぱりの薄皮折り紙

「じゃあ、後のことは頼んだぜ」

砂絵の騒動が収まった二日後、徳左衛門は尾張へと旅立っていった。

徳左衛門の姿が、街道筋の雑沓《ざっとう》に消えるまで見送った明日葉と常七は、ゆっくりと旅籠虎屋の内に戻った。徳左衛門の姿が消えただけで、昼間でも日の光が差し込まない、店庭の薄暗さがじんわりと迫ってきた。

「茶簞笥《ちゃだんす》に、昨日泊まったお客さんがくれた外郎《ういろう》があったよね。お茶でも飲もうよ」

お茶を淹《い》れ、外郎を切り分けて皿に載せると、竹の楊枝《ようじ》を添えた。

大火鉢の前に座ると、お駒が近づいてきた。手を広げておいでと呼んだが、脇をすっと通り過ぎて、手が届かない、半間ほど離れた場所にくったりと身を横たえた。

やっぱりそうだよねえ。なかなか抱かせてくれないからこそ、抱けたときのありがたみが増すんだよねと、明日葉は心の内でうなずいた。

「外郎が小田原《おだわら》名物って知ってましたか？　小田原宿の中程に『ういらう』って薬屋があって、なんにでも効くという『透頂香《とうちんこう》』ってえ名の薬が有名でしてねえ。その薬の口直しとして作られたのが、外郎の始まりと言いますよ」

「常七さんは物知りだねえ」

「昨日、お客さんが言ってた話の受け売りですけどね」

常七はすました顔で外郎を食べ始めた。

外郎は、米粉に砂糖を練り合わせ、蒸し上げたお菓子だった。

「もっちりしていますなあ」

「羊羹《ようかん》より柔らかいんだね。甘さが少なくてあっさりしているから、物足りないと言えば物足りないけど、後口がすっきりするのが良いよね」

客を送り出して片付けも終わっているので、一番、まったりした時間だった。急に客が来ればまた忙しくなる。毎日、似たような日々の繰り返しで、なにもせず、丸一日ゆったりできる日は、一日としてなかった。そういう旅籠渡世の中で生まれたので、何とも思っていなかったが……。

「おとっつぁんも、たまには旅籠の仕事から離れて、一人でゆっくりしたいのかなあ」

尾張の干し大根の味に惹《ひ》かれたので、さらに美味しい料理の方法を探求に行くというが、それは理由付けでしかないだろう。

「旦那《だんな》さんに、土地土地の食材を探したり、郷土料理の仕方を覚えたりするための旅だと言われたら、行かないでくださいとも言えませんからねえ」

「前にも、そんなふうに言って、旅に出たことが三度もあったよね」

「まあ、さほど遠方ではないからいいですけどね」

「料理にかこつけてるけど、毎回、ちょっとした地方の特産物を買ってくるだけで、わざわざ旅に出たことが、あんまり役に立ってないんだよね」

「それに……楽しげに戻ってこられるのならともかく、げっそり疲れて帰ってこられる様子が解せないんですよねえ」

「珍しい食材や料理の方法を、あちこち探し回ったにしても、いつも元気でお気楽なおとっつぁんが……って不思議で仕方ないよ」

「はっきり言って、旦那さんはこの商いが向いてねえ」

常七専用の大ぶりな湯飲み茶碗《ぢゃわん》を見詰めながら、常七はぽろりと漏らした。

「料理だっておざなりだ」

常七は煙草盆を引き寄せて、煙管《キセル》にたばこ葉を詰め始めた。たばこ葉は、細刻《ほそきざ》みと言われる、髪の毛ほどの細さに刻まれている。煙草の臭いが苦手なお駒が嫌そうな顔をした……ように見えた。

「料理屋で出るような、ご馳走《ちそう》を出す旅籠《はたご》なんて、この品川宿にはないけどね」

旅籠賃は、夕餉《ゆうげ》と朝餉《あさげ》がついて一人二百文だった。ご馳走どころか、凝った料理も出せない。品数も限られてくる。

品川は新鮮な海の幸が豊富な上に、野菜もよくできるため、素材で勝負できることが幸いだった。

「わしも若い頃は、晒《さら》しを巻いた包丁だけ胸に抱いて、料理人としてあちこち渡り歩きましたが、旅籠の料理はどこも似たり寄ったりでしたなあ。料亭やら料理茶屋とは違いまさあ。だから、旦那さんだけが駄目というわけじゃねえですがな」

常七は、火鉢の灰に埋《い》けてあった炭の火種から、煙草に火をつけた。

「あたしから見ても、おとっつぁんは、家業に熱心とはいえないよね。親から受け継いだこの虎屋を、だらだら続けてるだけでさあ」

明日葉にしても、いつまでも娘気分が抜けず、半人前である。

「このままじゃ、先細りで駄目なのは分かってるんですがねえ」

「おとっつぁんは、虎屋をあたしの代につなげられたら、それで良いといった気楽な気持ちなのかな」

「人には向き不向きってえものがありますからなあ。しょうがねえですよ」

常七は目を細めながら、煙草を美味《うま》そうに吸う。

「でも、おとっつぁんなりに、旅籠の商いについて前向きに考えてくれるのは嬉《うれ》しいよね。おとっつぁんのやる気をだいじにしなくちゃ」

そう考えて、笑顔で送り出したものの……旅籠を営んでいる徳左衛門が、旅に出て、無事に戻らないとなれば、しゃれにならない。

おとっつぁんが無事に帰るようお百度参りをしよう。常七がくゆらせる煙草の煙を見ながら、明日葉は急に思い立った。

ねえ、お駒ちゃんと心の内で話しかけると、お駒が片目をゆっくりとつぶった。

その夜から、さっそく洲崎弁天で、お百度参りをすることにした。社がある洲崎は、細長く延びた砂州で、虎屋の裏手に出れば、目で見える距離にある。砂州を貫く通り沿いに、網干し場などをはさんで、南品川猟師町の町並みが長く続いていて、漁師に嫁いだおとよが住む長屋もある、身近な場所だった。

砂州の一番北端にあるのが、弁天堂と呼ばれる洲崎弁天社だった。

お百度参りでは、文字通り、境内の決まった場所を、百回、行き来して願掛けをする。回数が分からなくならないよう、明日葉は、こよりを百本作った。人に見られないように参るのが良いとされている。明日葉は夜四つ半を過ぎてから出かけることにした。

潜り戸を開けて街道筋に出た明日葉を、常七が慌てて追ってきた。

「嬢ちゃん、おやめなせえ。わしが一緒に行きてえが、お客さんがいらっしゃるから、店を離れられんでな」

「ちょっと行ってすぐ帰るから大丈夫。ほんの近くなんだから」

隣の布袋屋は、大戸を下ろしているものの、音曲や女郎の甲高い声が聞こえる。街道筋の人通りは減っているが、帰途につく遊客など、まだまだ、人が大勢行き交っていた。

「駄目ですよ、嬢ちゃん。洲崎は宿場じゃない。漁師町なんだから、とっくに寝静まってまさあ」

「すぐそこでしょ。常七さんは心配性なんだから」

すったもんだ言い合っていると、布袋屋との境にある路地から、清史郎が姿を現した。

「あ、あの……」

お駒のこと、砂絵のことで、お世話になりましたと、礼を言いたかったが、急に出くわすと、喉《のど》の辺りが、きゅっと締まって言葉に詰まった。

代わりに、常七が清史郎に歩み寄って、揉《も》み手をせんばかりに話しかけた。

「坊ちゃま、ほんとお久しぶりで、ずいぶんとたくましく、ご立派になられましたなあ。落ち着きってえものが出ましたよ。品川を出られた頃は、まだ元服されたばかりでしたからなあ」

常七の言葉に、清史郎も、懐かしさを感じるのか、ふっと口の端を歪《ゆが》めた。

そういえば、清史郎さんは子供の頃、しょっちゅう、平蔵に殴られたり蹴《け》られたりしてたっけ。そんなとき、うちに逃げ込んできて、常七さんが手当てしたり、慰めたりしてたなあ。明日葉はまだ幼児だったが、その頃のさまが、恐怖とともに、脳裏にしっかり焼き付いていた。

「坊ちゃま、いやいや、今は若ですな。その出《い》で立ちを見ますてえと、これからどこかへお出かけですかい」

「じっくり型稽古《げいこ》でもしようと思ってな」

「おお、それはそれは……ご熱心でよろしいですなあ」

そのまま行きかける清史郎に、常七はさらに声をかけた。

「坊ちゃん、どこで稽古なさるんですかい。思い切り刀を振り回すとなれば、やはり、広い場所で、人が少ないところがようござんすよね。そこの弁天社まで、嬢ちゃんがお百度参りに行くところですので、どうせなら、ご一緒いただいて、境内で稽古されちゃいかがですかい。嬢ちゃんとは幼なじみ。実の兄さまみてえに可愛がってくださってたじゃねえですかい。十一年ぶりで積もる話もおありでしょ」

「もうっ。厚かましいことを言わないで。清史郎さんに迷惑じゃない」

明日葉は常七の袖《そで》を引っ張った。

「おついでで、ちょうどいいじゃござんせんかい」

常七と明日葉が言い合ううちに、清史郎はさっさと立ち去っていった。

「う、うむ」

「じゃあ、行ってくるね」

「嬢ちゃん、悪いことは言わねえ。およしなせえ」

まだなんだかんだ言う常七を振り切って、歩き始めた。

清史郎が先を歩いていく。

洲崎弁天に行ってくれるらしい。一緒なら心強い。追いついてなにか話したい気がしたが、動悸《どうき》が増すばかりで、少し離れて歩くことにした。

溜屋横町《たまりやよこちょう》の通りをたどって、目黒川（品川）にかかる鳥海橋《とりうみ》に向かった。橋を渡って左に行き、南品川猟師町が途切れた先が、弁天社の参道だった。

明日葉は、ぶら提灯《ちょうちん》をぶらぶら揺らせながら、清史郎の後を歩いた。半月となる七日月にもまだ間があって、月明かりは頼りなかったが、清史郎は夜目が利くらしく、提灯を持っていなかった。

南品川猟師町は、砂州の真ん中辺りにある網干し場で南北に分かれていた。北側の漁師町は、通りをはさんで西側に、鄙《ひな》びた漁師の家が連なり、反対側には田が広がっている。

街道沿いのにぎわいから一転、朝が早い漁師町は、もう深い眠りについていて、どの家も灯《あか》りの色がなかった。舫《もや》った小舟に波がぶつかって、ぴちゃぴちゃと悲しげな音を立てる。常七が言った通り、まさに漁村そのものだった。

昼間におとよの家を訪ねたり、網干し場に立つ市に買い物に出かけたりする、馴《な》染《じ》み深い洲崎のはずが、まったく知らない土地に迷い込んだ気がした。

清史郎さんが一緒だし大丈夫。清史郎の後をついて角を曲がった。

「あれ」

清史郎の姿は、かき消すように見えなくなっていた。

清史郎さんは、一緒に行ってくれる気なんてなかったんだ。明日葉は、はたと立ち止まった。

南品川猟師町は、まるで人が死に絶えた町のように、明日葉に迫ってきた。響いてくる波の音、海からの風が松の葉をざわざわ揺らす音、漁具同士が風に煽《あお》られて立てる、かたかたいう音……すべてが大きく響いてくる。

まあいいか。さっさとお百度参りをすませて戻ろう。気を取り直して、ずんずん先を急いだ。

弁天社の石灯籠《どうろう》に点《とも》された、微《かす》かな灯りが、暗い参道の向こうに見えた。品川宿と砂州との間を流れる目黒川は、この先で海となる。

街道に並ぶ飯盛旅籠《はたご》から聞こえる音曲も、海から吹く風にかき消される。見慣れた場所が、急によそよそしい、見知らぬ地に思えてきた。

「おい、姉ちゃん」

町並みが途切れる辺り、漁具が積み上げられた陰から、男が三人、姿を現した。

明日葉の前に立ちはだかる。つけてきて先回りしたのだろうか。二人は、博徒か破落戸《ごろつき》らしい、だらしない恰好《かっこう》の男たちで、あとの一人は着流しを着た浪人で、上背があってがっしりした、徳左衛門のような体躯《たいく》の持ち主だった。

「こりゃいいや。まだ尻《けつ》の青い小娘だが、それも一興でえ。へっへ。女郎買いに行く手間がはぶけたってえもんでえ」

博徒ふうの男が、ぶら提灯をこちらに向けながら、唇をべろりと湿した。

「おっ。おめえは虎屋の明日葉じゃねえかよ。俺たちゃ、住吉屋さんにお世話になってる者《もん》でえ」

住吉屋の女主人まつの後ろには、鯨塚の弥太郎がいる。男たちは弥太郎の子分だった。

「徳左衛門が布袋屋の平蔵と犬猿の仲だってえのは知ってるぜ。住吉屋にとっちゃ、平蔵は天敵でえ。敵の敵は味方だ。回り回って、俺たちゃ味方同士ってか。仲良くしようぜえ」

後ずさる明日葉の後ろに、一人が回り込んできた。手にした匕首《あいくち》らしい刃物が、暗がりでぎらりと光る。

足がすくむ。胸が早鐘を打つ。息が上がる。

清史郎はまだ遠くに行ってはいまい。大声で呼ぼうとしたが、声がかすれて息ばかりが漏れた。絶体絶命とはこのことだった。汗が滝のようにしたたり落ちる。

万事休すと思ったときだった。

「待て。俺の女になにをする」

闇の中から凛《りん》とした声がして、清史郎が姿を現した。すばやく回り込んで、立ちすくむ明日葉をかばう。まるで芝居を見ているようだった。

「見かけねえつらだな」

「二本差しが怖くて稼業が務まるもんけえ」

男たちは、狂った獣のような形相で、清史郎をにらみつける。

「兄貴、俺《お》りゃあ、知ってるぜ。江戸から舞い戻った、平蔵んちの餓鬼だ。清史郎でえ」

「清史郎けえ。江戸でやっとうの修行をしてたって聞くがよ。道場の棒振り踊りは、実戦とは違わあ。組同士の出入りで、何度も死地をかいくぐってきなすった、うちの先生とどちらが強《つ》ええかなあ。なあ、先生」

兄貴格の男が、懐手をして黙っていた浪人のほうを見た。

浪人が、無言で清史郎のほうに歩を進める。

「先生、誰も見ちゃいねえや。斬っちまっても一向に構わねえですよ」

男の言葉に、浪人は刀の鍔《つば》に手をかけた。清史郎との距離が狭まる。

あたしのために、大変なことになっちゃった。

清史郎の顔を見上げた明日葉に、黙ってうなずいた。

「ふっ」

清史郎は不敵な笑みを浮かべながら言い放つ。

「型稽古をするつもりが、実戦とはありがてえ」

やはり平蔵の子、俠客《きょうかく》の親分の若である。子供の頃、慣れ親しんだ、武家の坊ちゃんのような、ひ弱な面影はなかった。

「よくぞ言うた。すぐ後悔することになろう」

浪人が吠《ほ》える。

「先に名を聞こう」

清史郎が静かに問うた。

「奥田徳治郎《おくだとくじろう》！」言うなり、奥田が刀を鞘《さや》走らせた。

清史郎も抜刀する。

まだ間合いぎりぎりで、お互いの刀は相手に届かない。

「ふ」

先に清史郎が動いた。

前足に重心をかける。半身を切る。

思いがけない動きだった。

柄《つか》の握りを滑らせる。切っ先がひゅっと伸びる。

勝負は一瞬で決まった。

ひょいと突き出された切っ先は、奥田の脳天を割っていた。

奥田はまだ微妙に間合いの外で、相手の切っ先が届かないと確信していた。眼球が飛び出さんばかりに引き剝《む》かれる。信じられぬといった顔のまま、血しぶきを上げて、どっと横様に倒れた。倒木が地面と激突したような振動があった。

清史郎が残心の構えを取った。その立ち姿は、背後からのわずかな灯の光を受けて、影の姿になっていた。黒くたたずむ影は、見る者を凍らせる凄《すご》みがあった。

「ひいっ」「せ、先生」

博徒の一人がその場で腰を抜かし、どすんと尻餅《しりもち》をついた。

「お、おみそれしやした。奥田先生が恰好をつけるからでえ。あ、あっしらはその……」

後の一人は、見苦しい言い訳をしながら、慌てて逃げようとする。

尻餅をついた男も、尻を地面につけたまま、ずるずる後ずさる。

「待て。まだ用がある」

清史郎の一喝に、二人ともぴたりと凍り付いた。

「仮にも同じ釜《かま》の飯を食っている仲だろがよ。『先生』をほっぽって帰っちゃ、鯨塚の親分に叱られらあな」

「へ、へい。じゃあ、あっしらはこれで……」

清史郎の言葉に、二人は大柄な奥田の死体を、難儀して運びながら立ち去った。

清史郎は刀に血振りをくれてから、懐紙で丁寧に血を拭《ぬぐ》って鞘に納めた。鞘に納めるぱちんという音が、思いの外、大きく響いた。

「真新陰流《しんのしんかげ》『八寸の延金《のべがね》』なる技を試してみたまでだ」

清史郎は眉《まゆ》一つ動かさずに言った。

「柄を手の内で滑らせるのがミソだ。両手を寄せて固定していてはできぬ技だ。はは、古き技ゆえ、真にこのような技か否か知らぬがな」

いたずらっぽい笑みを見せた。

この人は……あたしの知っている清史郎さんじゃない。人一人を斬った直後の、無邪気とも取れる笑みに、背筋がぞっとした。

「住吉屋縁の破落戸どもが、明日葉をつけていくのを見て、実戦での腕試しの好機到来と、後を追ったのだ」

にやりと笑う清史郎は、明日葉にとって遠い人だった。

「恐れをなして、今宵《こよい》はもう襲ってくるまい。来るとすれば手勢を集めることになろうが、今夜は大事な賭場《とば》が開かれておるゆえ、その懸念はあるまい。ふふ」

「あ、あたし……」

「ゆっくり百度参りするがいいさ。その間、俺が見張っていてやる」

そういう優しさは、やはり以前の清史郎兄ちゃんで、明日葉は嬉《うれ》しくなった。

「ありがとうございます」

明日葉は鳥居をくぐって境内に入った。砂州のすぐ際に迫った黒い海が、繰り返し繰り返し、不気味で寂しげな音を奏でている。

明日葉がお百度参りを始めようとしたときだった。

「しっ。社の裏に誰かおる」

清史郎が小声で言った。

「えっ」

明日葉の足はすくんだ。

「一人、しかも女だ」

明日葉には分からないが、気配で察するのだろう。

「見に行ってみるとするか。女が入水しようとしているやも知れぬ」

「それは絶対、止めなきゃ」

飯盛女は、誰も皆、大枚の借金と、不幸な境遇を背負って生きている。ちょっとしたきっかけで、自死や心中に走る女も多かった。

急いで社殿の裏に回った。

「ああっ」

白い着物を着た女が、明日葉らの姿を見て悲痛な声を上げた。手には木槌《きづち》、目の前の松の枝には藁人形《わらにんぎょう》……胸元にかけた鏡が、明日葉の持つぶら提灯《ちょうちん》の光を受けて怪しく光る。

ろうそくを三本立てた五徳（鉄輪《かなわ》）をかぶった姿は、まさに鳥山石燕《とりやませきえん》の『今昔画図続百鬼《こんじゃくがずぞくひゃっき》』に描かれた『丑時参《うしのときまいり》』の絵柄そっくりだった。

「ふっ。丑の刻参りか。それにしてはまだ時刻が早いがな」

清史郎が揶揄《やゆ》するようにつぶやいた。

白粉《おしろい》を塗りたくった青白い顔に、濃い紅が目立つ。今まで、こんな醜い顔を見たことがなかった。まさに鬼女そのものに見えて、明日葉はぞっとした。

「今夜で七日目。心願叶《かな》って、あの女の命を奪えたものを……」

丑の刻参りは、決して人に見られてはならないとされていた。望みが叶《かな》う満願のその日に、呪いは破れたのだ。

女は、木槌を放り出してその場にへなへなとくずおれた。かぶっていた五徳がはずれて地面に落ちた。ろうそくの火だけがまだ未練ありげにきらめいている。履いていた高下駄《げた》が草むらに転がった。

「放っておいてやれば良かったな」

清史郎は苦笑した。涼しい目元がさらに細まった。

「でも、でも、誰かが呪い殺されるのを防げたじゃないですか。この人だって、『人を呪えば穴二つ』なんてことにならないで済んだでしょ。他人を呪い殺そうとしたら、自分もその報いを受けるので、墓穴が二ついるっていうじゃないですか」

「馬鹿だな。呪いなんてあるものか」

幼かった頃、清史郎に「馬鹿だなあ」とよく言われたものだったが、今はほんとうに馬鹿にされている気がした。

「あ、あたしだって、信じてなんかいませんよ」

向きになって言い返した。

「いつも通り、丑の刻に参れば良かった。今夜で満願と思う余り、ついつい逸《はや》ったことが仇《あだ》となってしもうた」

松の木の根元に突っ伏した女は、ぶつぶつつぶやいている。五徳に突き立てられていたろうそくの火は、いつの間にか消えていた。

「そのうち勝手に帰るさ」

清史郎は澄ました顔で、その場を立ち去ろうとする。

「それはないでしょ。こんな闇の中に、一人で放っておいたら、色んな意味で危ないじゃないですか」

「そういえばそうだ。丑の刻参りをし損じて、それこそ入水するってえこともありそうだな」

清史郎は真顔になった。さきほど人を斬ったとは思えない真摯《しんし》な表情に、やはりあの清史郎兄ちゃんなのだという気がしてきた。

どんどん、無頼の道に踏み込んでいく前に、純粋だった十七歳の頃の清史郎兄ちゃんに引き戻せないだろうか。なんとしても戻って欲しい。あたしが戻してみせる。

明日葉は強く思った。

「清史郎さん、うちに運びましょう」

灌木《かんぼく》の枝にかけてあった小袖《こそで》を羽織らせ、魂が抜け出したようになった女を、清史郎が担いで虎屋に連れ帰った。

「嬢ちゃん、いってえ、どうなすったんで」

潜り戸を開けて、外で待っていた常七が目を丸くした。

「じゃあな」

清史郎は女を店の間の上がり框《がまち》に下ろすと、さっさと去っていった。

「……ってわけなの。放っておけないでしょ」

常七に手伝わせて、台所の奥、ふだん寝所に使っている四畳半の部屋に、腑《ふ》抜けたままの女を連れ込んだ。自死されては困る。懐剣は帳場で預かることにした。

お茶を出したが、女はじっと座って、畳に目を向けたままである。白粉がはげた顔で、紅《あか》い唇だけが目立った。正気を取り戻して怒っているように見えた。髪を振り乱した行灯《あんどん》の灯に照らされた顔は、まさに鬼女か幽鬼だった。髪を振り乱

したさまもおどろおどろしい。

「あ、あの……」

話しかけてもそっぽを向いたままで、取り付く島がなかった。

「ねえ、どうしよう。このまま帰すわけにはいかないし」

竈《かまど》が置かれた内庭と呼ばれる土間で、額をつきあわせながら、常七と相談を始めた。

「どうしようったってねえ。連れて帰っちゃったんですから、今さら放り出すこともできませんよ。落ち着くまで見守るしかねえですよ」

「懐剣を持ってたから、お武家さまの奥さまみたいだけど……」

「さようですな。小袖からみても、それなりのお家の奥さまかと思われますなあ」

歳の頃は三十前だろう。整った顔だったが、般若《はんにゃ》の面のように、見る者を嫌な気持ちにさせる醜さが感じられた。

「嬢ちゃんや清史郎坊っちゃんを、逆恨みしてるんですよ。触らぬ神に祟《たた》りなしですからねえ。そうっとしときましょうや。落ち着いたら、勝手に帰るでしょうよ」

常七は店の間の帳場格子の内に座って、帳簿に書き物をし始めた。

こんなときに徳左衛門がいてくれれば、上手《うま》く事情を聞き出して、慰めてやれたのではないかと思えた。

「にゃっ」

足元で声がした。お駒が見上げている。とてもお婆さん猫とは思えない、つぶらな瞳《ひとみ》が語りかけてくる。心がきゅんとなった。

「やっぱり放っておけないよね」

「にゃ」

お駒が相槌《あいづち》を打つ。明日葉はお駒を撫《な》でようとしゃがんだ。

「えっ」

お駒がいきなり飛びついてきて、器用に肩に乗った。お駒の温《ぬく》もりが肩に伝わってくる。お駒を抱いたときのように、気持ちがぐっと奮い立った。

「ようし！　こうなったら、ぶつかってみるしかないよね。あたしにも、あのお菓子なら作れるし」

立ち上がっても、お駒は曲乗りのように器用に肩の上に乗っている。お駒を肩に乗せたまま、明日葉は前掛けをして、しゅっと襷《たすき》をかけた。うどん粉と水を用意する。

台所と四畳半は隣り合っていて、障子を開けたままにしてあった。

ほの暗い座敷の中、女は微動もせず座っていたが、いつの間にか、幽霊のように振り乱していた髪は梳《す》かれ、洗い髪のように束ねられて、引っ詰め髪になっていた。白粉もあらかた拭《ふ》き取られている。

気配に気づいた女は、明日葉のほうを横目でにらんだ。

「さあさあ、始めようかな。ねえ、お駒ちゃん」

女を無視して、台所の板の間部分に、蕎麦《そば》打ちの台を持ち出した。

うどん粉を練って薄く延ばし、包丁で四角く切っていく。

お駒が乗っかってくれている。しっかりした重さが嬉《うれ》しい。

女が明日葉の様子をちらちら見ている。眉間《みけん》に寄った深い縦皺《たてじわ》が、女の顔をひどく醜くしていた。

「お駒ちゃん、お腹がすいちゃったから、お菓子を作るよ。『薄皮折り紙』って知ってる？　うどん粉で四角く作った薄皮を、折り紙の要領で折るんだよ。それを油で揚げて、塩を振るの。見てて」

明日葉は、女の視線を感じながら、鶴や宝船や奴《やっこ》さんを折り始めた。

「あ～、奴さんどう折るんだっけ。ど忘れしちゃった。でも、お駒ちゃんの手じゃ、折り紙は折れないよねえ。困ったなあ……あ、そうそう、そこの奥さま、教えてください」

女のほうに向き直ると、折りかけの奴さんを、当然といった素振りで女に手渡した。

「え？　ああ、奴さんは……」

釣られて、女は奴さんの続きを折った。

「せっかく作るのなら、たくさん作りましょうよ。あたしたちが食べる分だけじゃなくて、子連れのお客さんがお越しのときに、お子さんにあげようと思うんですよ」

女の前に、大きなまな板と、四角い薄皮を置いた。ついでに前掛けと襷を手渡す。明日葉の強引さに呑《の》まれたように、女は素直に前掛けと襷をして、折り紙を折り始めた。

二人して、どんどん手を動かす。どんどん折り紙ができあがる。

童心に戻って折り紙を折れば、無心になれるのだろう。女の横顔の険しさが、いつの間にか緩んでいた。

「あ～、人を恨むなど、馬鹿らしゅうなった」

女は独り言のように言った。

気づくと、いつの間にか、肩が軽くなっていた。周りを見回すと、お駒は、ずっとそうしていたかのような顔で、のんびり寝そべっている。

「じゃあ、揚げましょう」

女をうながして内庭の竈に向かった。油の入った鍋《なべ》を熱して、薄皮折り紙を入れていく。

すぐに香ばしく揚がる。

協力し合って揚げるうちに、いつの間にか、女の口の辺りがほころびていた。

一つ、また一つ……。

「食べてみましょうよ」

台所の畳の間に戻って、薄皮折り紙を食べ始めた。塩加減がちょうど良く、あつあつで、ぱりぱりしている。

二人の顔を、お駒が寝そべりながら、満足げに見ている。

ふと見ると、女の眉間の深い皺が伸びていた。憑《つ》き物が落ちて、すっきりと良い顔つきになっていた。

「氏素性は聞きませんけど、名前だけでも教えてくださいませんか」

「松子《まつこ》じゃ」

女は短く答えた。

翌朝、夜明けとともに、松子はきちんと宿賃を支払ったうえ、「いずれまた礼に参る」との言葉を残して、早朝の街道筋を、江戸に向かって駕籠《かご》で去っていった。

それからは特に何事もなく、二日経った。明日葉は、雨の止み間を見つけて、竹《たけ》帚《ぼうき》で、旅籠《はたご》の前の掃き掃除をしていた。

空は今日もどんよりしている。恵みの雨がなければ、田植えもできない。梅雨はありがたいが、やはりじめじめするのが苦手だった。

客が腹痛でも起こしては大変である。梅雨時は、料理によく気を遣わねばならない。古くなった食材は、勿体《もったい》ながらず、躊躇《ちゅうちょ》なく捨てなければならなかった。

「おとっつぁん、早く帰らないかなあ。常七さんがいるから、何とかなってるけど、やっぱり、頼りになるおとっつぁんがいないとねえ」

掃除を終えて、手拭《てぬぐ》いで汗をぬぐいながら、ふと布袋屋のほうに目を向けた。見世先はしんとしていた。朝帰りの客を送り出した遊女たちは、二度寝している頃である。

その後、清史郎に出くわさないのは、かえって幸いだった。助けてもらったのに、恐ろしく思うのは間違っていると思いながらも、相手を躊躇なく斬ったときの氷のような瞳が脳裏に蘇《よみがえ》って、顔を合わせたときに、どんな顔をすればよいのか分からなかった。

ぼんやり布袋屋の入り口を眺めていると、若い男の声がした。

「宿をお願いしますよ」

「あ、いらっしゃいませ。お早いお着きで」

愛想良く答えて、いそいそと店の内に案内した。店の間の帳場で書き物をしていた常七もゆっくりと腰を上げる。

盥《たらい》の湯を持ってきて、足をすすごうとしたが、男は身振りで制して、自分で足をすすぎ、手拭いで手早く拭いた。明日葉のほうに顔を向けないまま、常七に向かって早口で告げた。

「しばらく逗留《とうりゅう》させてもらうから、よしなに頼むよ」

菅笠《すげがさ》を取らないままなので、薄暗い旅籠の内では、顔形がはっきりしなかったが、三十過ぎの働き盛りの商人《あきんど》といったふうだった。

明日葉を下働きの小娘と間違えているらしい。使われた盥と手拭いを手に、ぷりぷりしながら井戸端に向かった。

お茶の用意をしていると、常七がやってきた。

「二階の街道側の部屋で、しかも布袋屋の側でないといけないそうで、ご案内しましたよ。なんだか妙なお人でね」

言いながら、宿帳を開いた。

「下谷《したや》御成《おなり》街道、武具商い東堂《ひがしどう》の主《あるじ》、孫八《まごはち》さまです。大事なお得意様が一、二日のうちに到着されるので、品川までお出迎えに来られたそうですよ」

武具屋は、槍《やり》などの武器、甲冑《かっちゅう》、長刀《なぎなた》や馬具を扱うが、泰平の世が続いているので、暇な商売だと聞いていた。

「お得意様も、うちに泊まってもらえたらいいのにな」

「そうですなあ」

二人して顔を見合わせた。

「お茶をお持ちしました」

二階の座敷の障子は、ぴたりと閉められていた。猫が嫌いで、入れないように閉めているのかと思いながら、廊下から声をかけた。

「そこに置いておくれ。昼餉《ひるげ》はいらないし、夕餉も廊下に置いておくれ」

「かしこまりました」

首をかしげながら、明日葉は階段を下りた。

昼をだいぶ過ぎても、孫八は二階の部屋にこもったまま、下りてこなかった。

「いつも呼び込みは常七さん任せだけど、たまには、あたしが頑張ってみようかな」

明日葉は旅籠の前に立って、客引きをする気になった。

「嬢ちゃんがですかい。じゃあ、よろしくお願いしますよ」

帳場格子の内に座って、算盤《そろばん》を弾《はじ》いていた常七が、うほほと、からかうように笑った。

張り切って街道に出て、声を張り上げ始めたものの……。

大勢の人が行き交うが、平旅籠に泊まる旅人は滅多《めった》にいない。

江戸を出立した旅人は、品川宿を早朝に通り過ぎている。品川まで旅人を送りに来た人たちが、酒宴を開くのは茶屋や料理屋である。そして……見送りを終えた人々が泊まるとなれば、女郎目当ての飯盛旅籠しかなかった。

江戸入り前に一晩泊まって旅の垢《あか》を流し、衣服を整える旅人を捕まえるのだが、なかなかそれらしい旅人は来なかった。

隣の布袋屋はといえば、遊女がずらりと並んだ、張見世の格子前に人垣ができ、そのうちの幾人かが、暖簾《のれん》の内に、ふらふら吸い込まれていく。

やっぱりあたしじゃ駄目かな。ため息を吐きながら、ふと、虎屋の二階に目を向けた。

逆光で見えにくいが、孫八が手すりに寄りかかって……というより、身を乗り出すようにして街道をじっと眺めていた。よほど大事な取引先が来るのだろう。まるで、決して見逃すまいと、下手人を見張っている目明かしのように見えた。

「嬢ちゃんは、必死さが表に出ちまってるから、お客は、腰が引けるんですよ。気楽に何気なく話しかけて、冗談で話をはずませて、足の先がこちらに向いてから、おもむろに勧めるんですよ」

常七が揚げ戸の向こうから顔を出して笑った。

その後は、常七の呼び込みが功を奏して、二組、計五人の客が草鞋《わらじ》を脱いだ。夕暮れまでには、もう一組くらい客を取れるかもしれない。三人で切り盛りしている虎屋の場合、一日に五、六人のお客があれば、十分やっていけた。

明日葉は盥を運んだり、部屋に案内したり、お茶と駄菓子を運んだり、忙《せわ》しく立ち働いた。

「あ、そんなところにいたの？」

気がつくと、お駒が、揚げ戸のところから、外をじっと見詰めていた。

「にゃにゃっ」

明日葉のほうを見ずに、なにか言いたげに外を見ている。

「なにを見てるの？　お友達が来たの？」

にこにこしながら通りに目を向けたが、猫らしき影はなかった。街道筋をきょろきょろ見回していると……。

「あれっ。孫八さん、いつの間に出ていったんだろ」

　街道筋をはさんで真向かいの、饅頭《まんじゅう》屋伊勢屋と茶屋十ノ字の間の細路地に、孫八のすらりとした姿があった。

　顔形までよく見えないが、着ている小袖《こそで》の色柄から見て、孫八に間違いなさそうだった。通りのこちら側をじっと見ている。どうやら布袋屋の入り口を見詰めているらしかった。

「何で、あんなところに隠れるようにして……それも布袋屋を見張っているなんておかしいよね」

「にゃっ」

　お駒が顔を上げて、そうだろというふうに、明日葉と目を合わせた。

　布袋屋の中から、にぎやかな声とともに、客と女たちがぞろぞろ出てきた。

「ぬしさま、わちきは寂しおす。今度はいつおいでかと、恋い焦がれて死ぬなんし」

　花里の張りのある艶《つや》っぽい声が聞こえた。花里は美貌《びぼう》もさることながら、美声なことでも評判だった。

　徳左衛門と花里の、持病の癪《しゃく》がどうのというやりとりを思い出したが、いたって元気そうである。

客は別れがたいのか、うだうだと花里に話しかけている。

品川遊廓《ゆうかく》の客は坊主が一番多かった。僧は女が御法度なので、頭を丸めている者が多い医者に化けて通っていた。地味な色目ながら、金襴《きんらん》の頭巾《ずきん》をかぶっているところを見ると、芝山内《しばさんない》の高僧の、お忍び姿ではないかと思われた。

遣手《やりて》が客に、なんだかんだと、歯の浮くような愛想を言い、幼い禿《かむろ》が二人、黄色い声で、きゃっきゃとふざけあっている。

「また近いうちにの」

「あい、あい。きっとでありんすよ」

鼻の下を伸ばした客を乗せた駕籠《かご》が、街道を北に向かって動き出し、花里らが見世の内に戻ろうとしたそのときだった。

「花里！　待ってくれ」

通りの向こう側から、孫八が走り寄ってきた。花里が歩みを止めた。

「おっと、兄さん、うちの板頭になにか用ですかい」

見世の若い者が、花里と孫八の間に、ずいと立ちはだかった。

「花里、どうして急に会ってくれなくなったんだ」

孫八がよく通る声で叫んだ。悲痛な響きだった。

「あんたばかりが客じゃないよ。飽きたのさ。急に、顔を見るのも嫌になっちまったんだ。もう金輪際、顔を見せるんじゃないよ」

花里は、悠長な里言葉も忘れて、蓮《はす》っ葉な口調で言い放った。

「孫八さんは、花里さんのお客さんだったんだね」

明日葉がお駒に話しかけると、背後から常七が口をはさんだ。

「花里を諦《あきら》められず、外に出てくるのを根気よく見張ってたのですなあ。孫八さんが布袋屋の破落戸《ごろつき》どもに、酷《ひど》い目に遭わされなきゃいいんですが」

常七は心配げに目を瞬《しばた》かせた。

「こういうときに、おとっつぁんがいてくれたら、飛び出していくところなのに」

二人して、はらはらしながら見守っていると、

「そんな馬鹿に手を出すんじゃないよ。このわっちが恥をかくんだからね」

花里が見世の者たちを睨《ね》めつけた。

「へ、へえ。姐《ねえ》さんがそうおっしゃるなら……」

見世の者たちが引き下がる。呆然《ぼうぜん》と立ちすくんだままの孫八を残して、花里は悠然と見世の内に姿を消した。

肩を落としながら戻ってきた孫八は、暖簾をくぐると、明日葉のほうに顔を向け

ないまま、常七に、

「酒を頼む」それだけ告げて、二階へ上がっていった。

「お金が続かなくって、出入りできなくなった人が、未練たらしくやってくるのはよくあるけど、花里さんの口ぶりでは、揚げ代がどうのじゃなさそうだったねえ」

明日葉の足元で、ちょこんと、三つ指をつくようにして座っているお駒に話しかけた。

花里はこの品川一の人気と言われている。客もよりどりみどりで、天狗《てんぐ》になっているのだ。孫八という男が哀れに思えた。

ようし。あたしがおいしい肴《さかな》を作ってあげよう。うでまくりして内庭に向かった明日葉に、

「嬢ちゃんが作るんですかい。それなら……」常七は顎《あご》に手を当てた。

「かますの干物が残ってますから、『魚の白和え』にしますかね」

日陰に干していた、かますを持ってきた。おとよが売れ残りだと言って持ってきてくれたかますは、頭の部分を開かない、小田原開きにされていた。

「かますの旬は春と秋なので、ちっとばかし季節はずれですがの」

「そういえば、かますって、干物が多いよね」

「白身魚で、淡泊な良い味ですがね。生では水っぽくて柔らか過ぎるから、刺身で食べることは少ないですなあ。干物の他に、塩焼きやら、から揚げなどにしますなあ」

「これをどうするの？」

「軽く炙《あぶ》って裂いてくだせえ」

明日葉は手渡された干物のかますを、七輪で丁寧に炙り始めた。

「その間に、酒と漬け物を先に出しておきやす」

気を利かせた常七が、二階に酒と白瓜《しろうり》の浅漬けを運んだ。

炙って熱くなったかますを、難儀して裂いていると、常七が戻ってきた。

「大きさがばらばら過ぎですな。もうちょっと丁寧に裂いてくだせえよ。細い骨もちゃんと取らなきゃ。嬢ちゃんは何事にもせっかちで、いい加減ですなあ。旦那《だんな》さんも同じですけどね」

「不器用でせっかちで、おおざっぱで、いい加減で、悪かったね」

「うほほほ」

常七がからかうように、変な笑い声を上げた。

徳左衛門と明日葉親子は、悪いところが似ていた。

おっかさんは、そんなことなかったって思いたいけど、どうだったんだろう。ふと思うと、急に心の中にすきま風が吹いた。

明日葉は、母がどんな人だったか、詳しく聞かされたことがなかった。幼い頃から、母の話になると、急に話題を変えたり、いつも機嫌が良い徳左衛門が、不機嫌になったりするので、一切、口にしないようになっていた。

徳左衛門がそんなふうだから、いつも饒舌《じょうぜつ》な常七も、『奇麗な人でした』とか『優しい人でしたよ』くらいしか言ってくれなかった。

急にしんみりした気持ちを、明日葉はふるふると首を振って追い払った。

「どんな味かな」

裂いたかますの一切れを、そっと口に入れてみた。

「さすが、常七さん、塩加減が絶妙」

「感心してもらっても、そんなのは当たり前ですからねえ」

常七はすました顔で鼻を鳴らした。

「さあ、さあ、早くしねえと」

常七に急《せ》かされて、味噌《みそ》六分、豆腐四分に、すった白胡麻《しろごま》を加えて練り始めた。

「ほんとに手伝わねえでもいいんですかい。遅くなっちまいますよ」

「大丈夫だってば」

安請け合いしたものの、慣れないため、簡単な作業にも、いちいち時間がかかってしまう。

「どんな味かな」

かますを加えてできた和え物を、箸《はし》でつまんで掌《てのひら》に受けた。

「お腹の足しにもなるしいいよね」

味噌の香りと豆腐の舌触りが優しく、かますの淡泊な旨味《うまみ》を引き出していた。

「のんびり味見なんかしてちゃ、ますます遅くなっちまいますよ」

しびれを切らした常七が、葱《ねぎ》を細かく切って、和え物の上に散らした。

「うわ〜。美味《おい》しそう」

「太めに千切りした湯葉とか、胡瓜《きゅうり》の千切りを塩もみして加えるともっと、彩りが良くなるんですけどね」

常七の言葉を聞いて、裏の畑の様子を思い浮かべた。白っぽい色の『馬込半白胡瓜《まごめはんじろ》』を漬け物用に植えていたが、今はまだ収穫できるほど育っていなかった。

「じゃあ、持っていくね」

明日葉は意気揚々と、孫八の部屋に向かった。お駒も、とととととっと密《ひそ》やかな足音を立てながら階段を上る。

二階の廊下に面した障子は開け放たれていた。孫八は明日葉のほうを見もしない。

「お待たせしました。かますの白和えです」

言いながら、孫八の前に膳《ぜん》を置くと、

「遅いではないか」言うなり孫八が膳をひっくり返した。お駒が驚いて階下に逃げ去る。

「………」

孫八の剣幕になにも言えず、慌てて前垂れにはさんでいた手拭《てぬぐ》いを取って、畳にこぼれた酒を拭《ふ》き、飛び散った白和えを皿に戻した。

しばらく孫八は黙ったままだったが……。

「す、すまぬ。小娘相手に大の大人が大人げないことをいたした。許せ」

顔をそむけたままだったが、心底、済まなそうに声をかけてきた。

「すぐ新しいのをおつけします」

「すまぬな。そうしてくれぬか」

言われて明日葉は部屋を辞した。

「あれっ」

階段を下りながら、明日葉は急に気がついた。先程、孫八が発した言葉は、町人言葉ではなく、確かに武家言葉だった。

色々、訳有りらしい。だが、聞き出す勇気はなかった。

こういうときに、聞き上手な徳左衛門がいれば……と、明日葉は、またも思わずにはいられなかった。

その夜、孫八は浴びるように酒を呑《の》んで、酔いつぶれてしまった。

明くる朝、眠い目をこすりながら起き出した明日葉に、帳場にいた常七が告げた。

「孫八さまなら、朝餉《あさげ》も摂《と》らず、暁八つ過ぎに立たれましたよ。吹っ切れて、すっきりした顔をされてましたよ」

「それは良かった」

「でね……夜明けにはだいぶ間があるから、古い提灯《ちょうちん》をお貸ししました。返しに来るとおっしゃってましたが……もう二度と来られないでしょうなあ」

すました顔でつけ加えた。

明日葉がため息をつくと、隣でお駒が「にゃっ」と短く鳴いた。

「男は馬鹿ですなあ。『女郎の誠と玉子の四角、あれば晦日《みそか》に月も出る』っていうのにねえ」

常七は煙草盆を引き寄せた。『煙草は体によくないぜ。かの有名な貝原益軒《かいばらえきけん》の『養生訓《ようじょうくん》』にも記されているじゃねえか』と注意する徳左衛門は留守である。徳左衛門のいない間に、常七の煙草の量は増えていた。

「そうそう、あの人、お武家さまだったよ。ぽろっと武家言葉が出たもん」

花里の馴染《なじ》み客だったお武家さまといえば……。

「そうだ。何で気づかなかったんだろ」

明日葉はぽんと手を打った。

「あの孫八って人、この前、御殿山で出会ったお武家さまだよ。花里さんと一緒に来てた、大道孫八郎って人だよ。孫八郎って名前はともかく、本当の名字じゃないって、おとっつぁんが言ってたけどね」

孫八こと大道孫八郎は、虎屋に入ってきたとき、明日葉の顔を見て驚いたのだろう。明日葉が気づかぬふうなので、用事はすべて常七に頼み、明日葉とはなるべく顔を合わせないようにしていたのだ。

「嬢ちゃんは、ほんと、顔の覚えが悪いんだから、呆《あき》れちゃいますよ」

常七がくつくつ笑いながら、ゆっくりとした動作で、煙草に火をつけた。

「だって、変装してたわけでしょ。お武家さまの恰好《かっこう》と、商人の恰好じゃ、着物の着方も髷《まげ》もまるで違うじゃない。歩き方だって……」

花里に会いたいがために、小芝居をしていた孫八郎は、背中を丸めて姿勢も悪く、歩き方も小股《こまた》でせかせか歩いていた。

「そうですかねえ。わしなら、髭《ひげ》もじゃになろうが、月代《さかやき》が伸び放題になろうが、得度して坊主になろうが、すぐさま同じ人物だと気がつきますけどねえ。けどまあ、わしから見ても町人に見えましたからなあ。芝居はなかなか上手《うま》かったわけですなあ」

常七が吐き出した煙は、輪になってぷかぷか浮かんだ。

残りの客が、朝餉を摂って出立した後、片付けと掃除のために二階に上がった。障子を目一杯開いて風を入れる。磯《いそ》の匂いが心地よい。

孫八が泊まっていた部屋は、酒器や鉢が、癇性《かんしょう》なくらいきちんとまとめて置かれていた。

ふと見ると、書き置きが残されているではないか。『猫よろし』とだけ書かれていて、お駒を描いたらしい、へたくそな似顔絵まで添えられていた。

『よろし』は、『まずまずである、悪くない、普通である』という意味である。猫が苦手らしい孫八が、『猫も悪くない』という意味で書いたのだろう。

「お駒姐《ねえ》さん、夜通し呑んでいた孫八さんに、ずっとつきあってあげていたの？」

街道を見下ろせる格子窓で毛繕いをしているお駒に声をかけたが、知らぬふりだった。

「それにしても、花里さんは、孫八さんとあんなに仲睦《なかむつ》まじかったのに、どうして急に大嫌いになったんだろうねえ」

孫八が哀れになった。

同時に、気紛《きまぐ》れで男をふった花里のことが面憎く思えてきた。

ようし、花里さんに文句の一つも言ってやろう。明日葉は腕まくりすると、お駒がそうだというふうに、「にゃ」と短く鳴いた。

「だけど、花里さんをどうやって呼び出したらいいんだろ。あたしが布袋屋に、のこのこ訪ねていっても、取り次いでもらえるはずないよねえ。孫八さんのように、お客さんを見送りに出たときを狙うしかないかな」

明日葉が小首をかしげて考えていると、お駒も、「うきゅっ」と言いそうな、あどけない仕草で首をかしげてみせた。

部屋の掃除も済ませてほっと一息ついた明日葉は、裏の庭から採ってきたねこじゃらしで、遊びに来た猫たちの相手をし始めた。お駒は、店の間の隅に置いた嬰児《えじ》籠《こ》の中でうつらうつらしている。藁《わら》で作られた丸い籠《かご》は、明日葉が赤ん坊のときに入れられていた物で、大きくなってからは、お駒がくつろぐ寝床になっていた。猫のための寝床で『猫つぐら』ってものがあるらしいけど、いつか欲しいな。

藁で編まれた猫つぐらは、小さな釣り鐘型で、一方に出入り口が設けられているという。明日葉は猫つぐらの中ですやすや眠るお駒を思い浮かべて、可愛さにほんわりしてきた。

よく寝てるね。頬が緩みかけたが、急に気がかりがむくむくと黒い煙のようにわいてきた。

歳のせいか、この頃、寝ている時間が長くなったような……。

たちまち心ノ臓がきゅっとなったが、猫は、皆、一日の大半を寝て過ごし、しゃっきり起きている時間といえば、全部合わせてもほんの二刻《ふたとき》くらいだと、誰かから聞いたことを思い出して、老いとは関係ないと思い直した。

今日は梅雨らしい空模様で、朝からしとしと雨が降っている。街道筋は相変わらず、旅人をはじめ、飛脚や馬借《ばしゃく》、街道人足たちが行き交っているが、遊客の姿は少なかった。布袋屋の呼び込みの声も湿りがちである。

「ねえ、明日葉ちゃん」

揚げ戸の向こうから、いきなり花里がぬっと顔を出した。

「ひっ」

明日葉の悲鳴に、お駒以外の猫は、さっと蜘蛛《くも》の子を散らすように姿を消した。

「な、なにか用ですか」

「入っていいかな。虎屋に入るところを、見世の男どもに見られると、なにかとうるさいからね」

白手拭《てぬぐ》いを吹き流しにして、地味な色目の小袖《こそで》を着た花里は、明日葉の返事も聞かず、店庭に足を踏み入れてきた。

年齢はさほど変わらないはずだが、明日葉とは貫禄《かんろく》がまるで違っていた。いざ、こうして目の前にすると、ついつい愛想笑いしてしまう自分が情けない。

「じゃ、じゃあこちらにどうぞ」

奥の間と呼んでいる、台所脇の部屋に案内した。奥まった部屋なので、昼でも薄暗かった。こんな天気の日はなおさらである。

「手ぶらじゃ悪いと思ってね。一緒にやろうよ」

花里は抱えてきた、酒屋の名前が記された通い徳利《どっくり》を、畳の上にどんと置いた。

「あたし、お酒は呑《の》めないんです」

慌てて手を振る明日葉に、

「じゃ、するめだけでも食いな」胸元から、懐紙に包んだ『巻きするめ』を取り出した。巻きするめは、いかの足を芯《しん》にして、胴の部分で固く巻き、茹《ゆ》でてから薄く輪切りにしたものだった。

「この巻きするめ、豊後屋《ぶんごや》って台屋《だいや》が、昨日、愛想でくれたんだ」

台屋は、遊女屋に台の物と呼ばれる料理を届ける仕出屋のことだった。

「布袋屋さんでは、いつも駿河屋《するがや》さんから取ってたんじゃないんですか？」

「豊後屋は知り合いの嫁ぎ先なんだ。最近、台屋を始めたって聞いたから、試しに頼んでみたら、駿河屋なんぞとは大違いでさ。わっちは毎日頼んでるし、他の妓《こ》にもどんどん勧めてやってるんだ」

花里の話にうなずきながら、するめを口にしてみた。

「あ、普通の巻きするめじゃないんですね。ほんのり味がついてますね」

「肥前《ひぜん》の国《くに》の壱岐《いき》って島じゃ、巻きするめが正月料理に欠かせないらしくって、それを真似たそうだよ」

昆布が巻き込まれていて、薄味がつけられていた。

「切り口が紅白の色をしていて奇麗ですね。噛《か》むたびに、いかの旨味《うまみ》がじんわり染み出てくるし、ほんとお酒の肴《さかな》にぴったりそうですねえ」

「はは、壱岐島じゃ、酒の肴じゃなくて、雑煮に入れるそうだけどね」

「へええ。それも美味《おい》しそう。いかならすぐ手に入るし、あたしも作ってみようかな」

味つけは常七に頼もうなどと、明日葉は思いを巡らせた。

「茶碗《ちゃわん》を貸しとくれ」

花里は、茶碗を用意させて、自分で、どくどくと、徳利の酒を注いだ。

お駒がすすっと明日葉の膝《ひざ》の上に乗った。すかさず胸に抱いた。お駒を抱けば、勇気百倍である。よしっ！　明日葉は心のうちで気合いをいれた。

「ねえ、花里さん。昨日は見世の前で、派手に痴話喧嘩《げんか》してましたよね。全部、見てましたよ」

「えっ」

花里は明日葉の顔をまじまじと見詰めた。

「町人の恰好《かっこう》をしてたけど、あの人は、御殿山で見たあの大道孫八郎ってお侍さんですよね」

畳み掛ける明日葉に、花里は急にしんみりした口調になった。

「皆、知ってたんだね。それなら話は早いや。実はねえ……あの後、どんな様子だったか、ちっとばかし知りたくなってねえ」

「やけ酒を呑んで、今朝、暗いうちに帰っていかれましたよ。常七さんの口ぶりでは、ふっきれた感じだったらしいですよ」

「そのぶんじゃ、わっちのこと……諦《あきら》めてくれたんだね」

花里は得心したように大きくうなずいた。

「二度と来るなと盛大にふって、今さら気にしてるんですか。飽きたんじゃないんですか。御殿山では、本心から好きあってるみたいだったのに、すぐに心変わりするなんて、花里さんを見損ないました。人としてどうなんですか」

旅籠《はたご》商いの習い性で、あくまで丁寧な言葉遣いながら、花里への憤懣《ふんまん》を一気にまくしたてた。胸に抱いたお駒が、「にゃにゃっ」と間《あい》の手を入れて応援してくれる。

「それには深〜い訳があるんだよね〜」

花里は動じるふうもなく、思わせぶりな科を作った。

「教えてください。誰にも話しませんから」

お駒も花里の顔を見上げている。

「けど……やっぱ、あんたに言う話じゃないからねえ」

花里は手酌で二、三杯、酒をあおったかと思うと、急に黙りこんでしまった。

そうだ。良い物が残ってたっけ。花里が尾張の出だったことを思い出した明日葉は、お駒を抱いたまま立ち上がって台所に戻った。煮染《にし》めにした干し大根を、小鉢に取り分けて盆に載せ、立て膝をして、なおも酒をあおっている花里に勧めた。

「尾張から干し大根が送られてきたので、はりはり漬けにしたり、煮染めにしたりして、お客さんに出しています。ちょうど良かったです。この煮染めでもう、尾張の干し大根はおしまいなんです」

「干し大根かあ」

花里は口を閉じて遠い目をした。目の底が揺れる。

「花里さんは尾張の出でしょ？」

「誰から聞いたんだい。あっ、徳左衛門さんからだね」

たちまち、花里の口元が緩んだ。

「徳左衛門の旦那《だんな》って、よくしゃべるようで、案外、聞き上手なんだよねえ。女郎も聞き上手が好かれるんだけどさあ」

花里は干し大根に箸《はし》をつけ、小ぶりな口に運んだ。

「ふるさとの味がする……なんて言いたいけどさ。小さい頃、ここに来たから、尾張のこと、全然、覚えてないんだよ。でも、こういう味かなって……うん、きっとこんなふうに、しっかり歯応《はごた》えがあって、しゃきしゃきしてて……ちょっとあくがある味だったんだろうな」

花里はゆっくり味わいながら、何度も何度もうなずいた。

「そういえば、隣に住んでいるのに、花里さんとあたし、一緒に遊んだことが一度もなかったですよね」

遊女は、幼い禿《かむろ》の頃から、姉女郎について雑用をこなしながら、遊女として役立つ芸事をみっちり仕込まれるので、子供らしく遊ぶ暇などなかった。

「わっちの父親は、尾張で小商いをしてたんだけど、賭《か》け事が好きで、借金がかさんじまってね。どうせ年季奉公に出すなら、あの吉原にしてくれたら良かったのにって、ずっと思ってたんだけどさあ。今にして思えば、品川が分相応だったのさ。自分の器量、力量はよく知ってるさ。吉原なら大見世で『お職』を張るなんてできなかったろうからね。この品川でなら大見世の布袋屋で『板頭』をやって、見世の皆に姫さま扱いされてらあ。まあ……わっちだって馬鹿じゃない。こうやって稼いでる間だけが華なのは分かってるさ。だからこそ、今、このときに、意地を張って生きてるんだ」

「だから好き放題に、男をふるってわけですね」

明日葉の問いかけに、花里はぐいと顎《あご》を上げた。

「そうさ、意地ってものがあるからさ。熨斗《のし》をつけて奥さまにお返ししたのさ……わっちにゃ、孫さんの替えなんぞ、いくらでもいるからねえ」

花里は茶碗の酒を、またもやぐいとあおった。

「詳しい素性は、御家に迷惑がかかるから、絶対に明かしてもらえなかったけど、孫八郎って名前は本名らしいよ。愛宕下《あたごした》に居屋敷があるって言ってたな。正直者だから、これも嘘じゃないね」

花里は口の端を手の甲で拭《ぬぐ》った。

「孫さんは、貧乏旗本の家の生まれでさ。それも五男だったんだ。縁あって一年ほど前、大身のお旗本家に婿養子に入ったんだけど、やたらお高くとまっている奥さまに頭が上がらなくってね。実を言うと、床入りもまだってえ話さ。そんなこんなで、夫婦の仲は最悪さ。句会とかなんとか理由をつけちゃ、品川くんだりまで繰り出すってわけ。けど、そのうちにゃ、奥さまも廓《くるわ》通いだって気づいちまうさ。で……奥さまは、あの洲崎弁天で丑《うし》の刻参りってわけさ」

「ええっ。その奥さまって……松子って名じゃないんですか」

「何で知ってるんだい」

驚く花里に、明日葉は手短に事情を話した。

「そうだったのかい。それにしても……あいつも奥さまも、本名を名乗るなんて、とんだ馬鹿正直なんだね」

花里は苦笑した。一夜の夢を見るため、見せるため、客も遊女も嘘をつき合う。真はない……それが悪所だった。

湿気を含んだひんやりとした風が、奥の間に吹き込んできた。花里の持病である癪《しゃく》の話を思い出して、明日葉の背筋がぞわっとなった。

「丑の刻参りって、ちゃんと効くんですねえ……あの晩、清史郎さんとあたしが止めなきゃ、今頃、花里さんは……呪い殺されてたんですね」

「馬鹿だねえ。わっちは、いつだってぴんぴんしてるよ。持病の癪が出たって嘘をついて、気に入らない客を断ってるだけさ。わっちは布袋屋の板頭だからねえ。見世の者だって嘘だとは言えねえのさ」

「なあんだ。おとっつぁんまで騙《だま》されていたんですね」

花里は明日葉の言葉に、ばつが悪そうに笑ったかと思うと、急に身を乗り出してきた。

「話はそれからなんだよ。奥さまが、わざわざわっちを訪ねてきたんだ。懐剣でぐさりなんてことになりゃしないかと、用心しながら会ったんだけどさ。全然、そうじゃなかったんだよ。なんと『馬鹿な真似をいたしました。そなたには悪い事をしたので謝りにまいった』っていうんだ。藁人形《わらにんぎょう》に五寸釘《ごすんくぎ》を打ち込んだせいで、どこか体を悪くしてないかって、急に心配になって、うちの見世までわざわざ訪ねてきたっていうんだ」

「それで？」

明日葉も思わず身を乗り出し、花里と頭がぶつかりそうになった。お駒が腕の中からするりと抜け出ていった。

「わっちだって意地があるからね。『商売柄、誠を尽くしてもてなしますけど、本気のはずありません。こちらから、手酷《てひど》く愛想尽かしして、女郎は酷いものだ、騙されるなんて馬鹿だった、二度と悪所には近づくまいと思われるようにしてみせます。来られても、絶対に見世に揚げさせません』って大見得を切ってやったんだよ」

眉《まゆ》の辺りを上げてみせた花里の顔は、凄《すご》みのある美しさが際立った。

「あんな堅物でうぶな武家なんてもうこりごりさ。変装までして見張るなんて、しつこいったらありゃしないんだから。けどまあ、きっぱり諦《あきら》めてくれたみたいで良かったよ」

花里は、茶碗《ちゃわん》を手に、さばさばした顔で笑った。

ふっと静けさが戻ってきた。

「ぷぷー、うぷぷぷ」

間の抜けた音が耳に入ってきた。明日葉らから半間離れた場所でうたた寝し始めた、お駒の寝息だった。

「なに、この声！　うわ〜、たまらないねえ」

花里はお駒ににじり寄って、わずかな寝息も聞き漏らすまいと耳を近づけた。お駒が気配に気づいて、寝息は聞こえなくなった。薄目を開ける。

「お駒ちゃん、ごめんね〜。目を覚ましたのなら、ちょっと抱っこさせてよね」

花里は、お駒をそ〜っと抱き上げた。

「みにゃ」

お駒が寝ぼけた声で返事をする。素直に花里の腕の中に納まるお駒に、明日葉は驚いた。

「ほんと猫は可愛いよねえ。わっちも飼ってみてえんだけど、父《てて》さまが猫嫌いだかられねえ。また、ときどき来るから、猫を触らせてよね」

お駒を愛《いと》おしそうに抱きしめて優しく撫《な》でる。

明日葉はふと花里の挿している簪《かんざし》に目をやった。着飾ることにまるで興味がない明日葉なので、今まで気づかなかったのだが……。

「あ、その簪……」

「そうさ。猫の意匠になってんだよ。大の猫嫌いな父《てて》さまは嫌がるんだけどね。わざわざ大枚はたいて作らせた、鼈甲《べっこう》の簪だからねえ。意地を通してずっと挿してるんだ。そうそう、今度は櫛《くし》に猫を彫ってくれって頼んでるんだ。届いたら、明日葉にも見せてやるよ」

片眉の辺りを上げて花里は誇らしげに言った。

「花里さんがこんなに猫好きだったとは！」

すぐ隣に暮らしていながら、ろくに口を利いたこともなかった花里が、急に身近に思えてきた。

「仲良くしてくださいね」

「あいよ。こちらこそよろしく」

すっかり意気投合したまでは良かったが……。

「ところでさあ、孫さんとはすっぱり切れたことだし、今度は商売抜きで若を狙おうかな」

花里は、ほつれ毛をなで上げながら、艶《つや》っぽい目で言い出した。

「え？」

「あ〜、虎屋の嬢ちゃんも、若にほノ字なんだね」

花里はいたずらっぽい上目遣いで明日葉を見た。

「とんでもない。やくざの一家を継ぐ人なんて、こちらから願い下げです。子供の頃、可愛がってもらっていたってだけですよ」

「ふふ。まあそういうことにしてやるよ」

妓楼《ぎろう》の者と遊女の惚《ほ》れた腫《は》れたは厳禁だが、それは建前。人の恋路は誰も止められない。花里が清史郎に惚れているとは思えなかったが、孫八郎との仲が終わった今、心の隙間を埋めるため、ちょっかいを出さないとも限らなかった。

「おっと、そろそろ戻らなきゃね。今日は杉《すぎ》さまが早めに来られるんだった。勤番侍は門限が厳しいからねえ。お天道《てんとう》様が高いうちから来やがるんだ。商売、商売。たんと絞り取らないとね。そうそう、裏から帰るからね」

名残おしそうな顔でお駒を床に下ろすと、虎屋の裏手に広がる広い畑を抜けて、ふらふらした足取りで布袋屋に戻っていった。

雨は上がって空に虹《にじ》がかかっていた。裏の畑に出ると、砂州の彼方《かなた》に広々した海が霞《かす》んで見えた。潮の香りが、雨上がりの草の匂いと混じり合って鼻をくすぐる。

花里が干し大根を食べているときの邪気のない笑顔を思い出した。

ふるさとの料理って……こんなに人の心を動かすんだなあ。料理の味に、懐かしく、だが、切ない思い出が加わって、美味に感じられるのだ。

お客さんにふるさとを思い出してもらえるような料理を出したいな。明日葉は思った。

徳左衛門が、各地の郷土料理を探求に行く気持ちも分かる気がした。

その翌日、今日はからりと晴れている。明日葉は、庭にある井戸端で、畑から採ってきたしんとり菜をせっせと洗っていた。

しんとり菜は、白い葉柄《ようへい》も丸みを帯びた葉っぱも柔らかいので、優しく洗わねばならなかった。明日葉は慎重な手付きで洗う。井戸水の冷たさが心地よかった。

遊びにきた野良の黒とさび猫のくうが遊ぼう、遊ぼうとちょっかいを出したり、すり寄ってきたりする。お駒はどこかで寝ているらしく、姿が見えなかった。

「嬢ちゃん」

背後から大きな声がした。

「ひえっ」

明日葉は驚いて飛び上がった。猫たちも驚いて、てんでに畑の中に逃げ込む。

「あたしですよ。嬢ちゃんは相変わらず、肝っ玉が小せえなあ」

南品川猟師町の漁師に嫁いだ、おとよの、練馬《ねりま》の大根畑から引っこ抜いてきたばかりのような大柄な姿があった。

旅籠《はたご》で働いていた頃より、ずっと色が黒くなった。今では子が三人生まれて、ますます福々しくなっている。変わらないのはいかにも善良そうな顔だった。

勝手知ったる虎屋なので、おとよはいつも裏から出入りしている。網干し場に立つ市で売れ残ったさまざまな魚や貝を届けてくれる、ありがたい福の神だった。

「あ、なんだ。おとよさんか」

「なんだとはご挨拶《あいさつ》だねえ。今朝は、売れ残りじゃないよ。たんと網に入ってたから、持っていきなって、亭主が言うもんでね」

魚籠《びく》を明日葉の目の前に突き出した。

竹で編まれた古い魚籠の中で、蛇のような物が、にゅるにゅる動いている。明日葉は蛇が苦手なので、蛇に似ているだけでもぞっとした。

「これって……海蛇？」

「そうじゃねえよ。穴子だよう」

そこへ常七がやってきた。

「おお、いつもすまないねえ」

魚籠をありがたそうに押し頂くと、盥《たらい》を持ち出して穴子を移した。

穴子は、鰻《うなぎ》に似て、黄赤色に淡い黒みを帯びた色をしていて、脇に白い点々があり、二尺ほどの長さだった。

「じゃあ、あたしは帰るから」

空になった魚籠を手に、おとよは元気よく帰っていった。

「これを夕餉《ゆうげ》にしてお客さんに出しますかな。何にしますかのう」

常七は、ぬらぬらうごめく穴子を見ながら楽しげに言った。

「穴子って、食べたら美味《おい》しいんだけど、見た目はちょっと……」

「捌《さば》き方を教えますから、嬢ちゃんも覚えてくださいよ」

「まあ、それはまだ先で……」

とんでもないというふうに、顔の前で、開いた両手を振った。

「夕餉の用意の前に捌きますから、嬢ちゃんもちゃんと手伝ってくだせえよ」

常七は意地悪く、にひひと笑った。

「ごめんください」

入り口のほうから大声で呼ばわる、若い男の声が響いてきた。

「早々とお客さまのご到着かな」

ほくほくしながら店庭に向かうと、立派な身なりの武家の妻女と、風呂敷《ふろしき》包みを手にした若い小者が立っていた。女は二十半ば過ぎの楚々《そそ》とした美女で、体から凛《りん》とした気品が漂い出ている。

旅装束ではないので、残念ながら泊まり客ではなさそうだった。

「先日は世話になったの」

背筋をそっくりかえるほどしゃんと伸ばした女が言った。

世話になったって何の事だろう。どこのどなたなのか、さっぱり分からない。

人の顔をなかなか覚えられない上に、少し身なりが違うと分からなくなる明日葉は、相手から、よく知った間柄のように言われると困惑してしまう。

こういう場合、客商売なので失礼があってはならないから、どうとでも取れる返事をすることにしていた。

「ようこそ、いらっしゃいませ」

とりあえず、満面の笑みで応《こた》えた。

「あの折り紙は、童心に戻ってなかなか楽しかったのう」

鷹揚《おうよう》に微笑む女に、

「は、はい」明日葉は驚きを隠しながら、さらに愛想良く笑った。

青白く、能面のようだった顔も、今は、瓜実顔《うりざねがお》で、十二単《ひとえ》でも似合いそうな顔に見えた。

眠そうな顔をしながら姿を現したお駒に、心の内で、

(丑《うし》の刻参りのときの鬼女みたいでもないし、呪いが破れてうちしおれた姿でもないし、ふっきれたって言ったときは、何んとも言えない顔をしてたし……まるで別人なんだから、あたしが見間違えたって仕方ないよね)と話しかけた。

馬鹿らしいといったふうに、お駒は明日葉の横を通り過ぎて、お気に入りの嬰児《えじ》籠《こ》の中に、丸くなってすっぽりと納まった。

「おほほ。あの折はわらわもどうかしておった」

松子は白檀《びゃくだん》の扇子を少し開いて、口元を隠しながら笑った。

「どうぞ、お上がりくださいませ」

旅籠の最奥に位置する、庭に面した奥座敷に通した。かつては、参勤交代の一行のうち、家老など上級の武士を泊めたこともあったが、使われなくなって何年経つだろう。

掛け軸を背にして上座に鎮座した松子に、うやうやしくお茶を出した。

常七もあいさつに来た。お駒も加わる。

「孫八郎が妻松子として参った。家名を明かさぬことは許せ」

従ってきた小者に目で指図し、小者が古風な柄の風呂敷《ふろしき》を解《ほど》いた。

中から、孫八に貸した古提灯と、上等そうな紙に包まれた菓子箱が出てきた。小者がうやうやしく前に押し出し、松子が明日葉の前に置いた。

「そなたはもうよい。席をはずしなさい」

松子の言葉に、小者は座敷を辞した。

「わしも裏の畑で、葱《ねぎ》の苗の植え替えがありますでの」

常七も腰をとんとん叩《たた》きながら立ち上がると、小者を呼び止めてなにか話しながら、台所のほうに向かっていった。小者が白い歯を見せて笑うのが見えた。

奥庭の日当たりの良い場所には、石榴《ざくろ》の木が植わっていた。松子は、少し眩《まぶ》しげな眼差《まなざ》しになって、石榴の赤朱色をした花に目を向けた。

意を決したように話し始めた松子の顔は、硬いながらも、血が通った人間らしい表情に変わっていく。

「丑の刻参りなどという姑息《こそく》なことはせず、花里なる女郎に直《じか》に談判せんと、女郎屋なるところへ乗り込んだのじゃが……わらわの説教に恐れ入った女郎は、『わたくしの心得違いでございました。わたくしが悪うございました。きっぱり別れます』と申しての。ほほ、女郎など、実のない、愚かで汚らわしい女ばかりと思うておったが、それなりに話が通じる者もおるのじゃな」

石榴の花を見詰めたまま、扇子で顔に忙《せわ》しなく風を送った。開いた口がふさがらなくなった明日葉の横で、お駒が、馬鹿らしいといったふうに、大きなあくびをした。

「そうそう、そなたと一緒に食べようと思うて、小女に買《こ》うてこさせたのじゃ」

松子は持参した菓子箱を開いた。中には小ぶりな最中《もなか》が、行儀良く並んでいた。

「壺屋《つぼや》の最中じゃ。寛永《かんえい》の頃にできた、江戸根生《ねお》いの店で、お上にも上菓子をお納めしているとか。わらわの、子供の頃からの大の好物じゃ。一緒に食べぬか」

「は、はい。では……」

明日葉は最中を小皿に載せて、松子の前と自分の前に置いた。

ほんわり。あんと皮が口の中でふんわりと溶けていく。皮のぱりっとした口当たりと、あんの滑らかさが嬉《うれ》しい。

「どうじゃ」

松子は堅苦しい声音で言った。

「美味《おい》しゅうございます」

明日葉も固い言葉で返した。

「では、わらわも……」

松子は、紅をさしたおちょぼ口に、割った最中を運んだ。得も言われぬ、上品な手付きが、育ちの良さを表していた。

「思えば……孫八郎には可哀想なことをいたした。当家に入って、肩身の狭い思いをしておったのであろう」

胸の底から吐き出すように、一つ、小さなため息をついた。

「ほほ、わらわの父は酔狂でのう。品川での句会でたまたま出会《でお》うた、孫八郎を大いに気に入り、栄えある当家の婿として迎えたのじゃ。孫八郎が家は、旗本とは名ばかりの、わずか三十俵にも満たぬ禄高《ろくだか》での。家人の一人もおけぬほど窮乏いたしておった上、子だくさんで、孫八郎は五男……なんの望みもなかった男を、父上が哀れんで救ってやったというわけじゃ」

いくらなんでもその言い方は……と言いたかったが、上手《うま》く言えず、明日葉は口の中でもごもごとつぶやいた。

「父上は孫八郎を買いかぶっておられる。わらわには、日に焼けた、田舎侍のような男の良さなどさっぱり、分からんでのぅ……いまだに寝所も別にしたままじゃ」

「孫八郎さまは、男ぶりも良いお方ではありませんか」

「あのような野卑な男は好かぬ。わらわには幼き頃より、親同士で言い交わしたお方がおられたのじゃ。我が家と釣り合いの取れる旗本家の三男で、色白で恰幅《かっぷく》の良い、物静かで教養あるお方じゃったが……婚礼間近になって、長男、二男が相次いで亡くなられ、御家を継ぐことになった。で……当家への婿入りの話は消えてなくなったのじゃ。その後、なかなか父上のお眼鏡にかなうお方は見つからず、わらわは婚期を逃してしもうた。父上も焦りを感じておられたのであろう。武芸しか取り柄のない、あのような男を……無骨者のくせに、妙に気弱での。なにより貧乏臭さが染みついているところが気に入らなんだ」

では、どうして花里に悋気《りんき》を起こして、丑《うし》の刻参りなどしたのかと言いたかったが、これまたとうてい言えず、横にいるお駒と顔を見合わせた。

それきり話がぷつりと切れた。

最中を食べてお茶を飲み干せば、後はどうすれば良いか分からない。用が済んだし、早くお帰りにならないかと、困惑していると……。

「せっかくですから、お昼を食べてくだせえ。お代はいりませんでな」

常七が座敷に入ってきた。小者も手伝わされてお膳《ぜん》を運んでくる。常七はうやうやしく松子の前に膳を置くと、次に明日葉の前にも据えた。

「常七さん、すぐ座を外したのは、お昼を用意しようとしてたんだ」

小声で言う明日葉に、常七は片目をつぶった。

お膳にはほかほか湯気が立つご飯と、煮染《にし》めの入った皿、味噌汁《みそしる》の他に蓋付《ふたつ》きの小鉢が載っていた。

「うわ、この蒸し物は、なあに」

蓋《ふた》を開けると、白焼きにした穴子と蕪《かぶ》が蒸された上に、とろりとした葛《くず》あんがかかり、その上に少々の生姜《しょうが》があしらってあった。

「『穴子あんかけ』でごぜえやすよ」

常七が得意げに鼻をうごめかせた。

「じゃあ、わしと若い衆は繋《つな》ぎの間で食いますかの」

嬉しげに目尻《めじり》を下げる小者を促して、一段下がった繋ぎの間に膳を二つ置いた。昼餉《ひるげ》から豪華な料理にありつけて、小者だけでなく、明日葉もほくほくである。

「松子さま、召し上がってください」

松子に勧めながら、いそいそと箸《はし》を取った。

松子はじっと膳を見詰めたままである。明日葉たちは、松子に構わず、食べ始めた。

「穴子って、鰻《うなぎ》よりあっさりして美味《おい》しいですよねえ」

白焼きの焦げが香ばしい。しっかりした身の口当たりが嬉しい。あんがまた上手い具合にできていた。昆布出汁《だし》と醬油《しょうゆ》が利いている。載せられた生姜がぴりっと、全体を引き締めていた。

「穴子は、鰻のように脂がきつくないゆえ、食べられぬこともないがの」

松子はいやいやという様子で、穴子あんかけに箸をつけた。

「んん。これは……」

一瞬動きを止め、あとは静かに味わうように食べ始めた。

続いて煮染めの椎茸《しいたけ》、焼き豆腐と、次々に箸を進める。白い部分が多い品川葱の味噌汁と、ご飯をゆったり品良く口に運ぶ。満たされた刻《とき》が流れていく。

常七は小者相手に冗談を言いながら食べている。まだ少年のような小者は生返事しながら、料理をぺろりと平らげ、何度もご飯のお代わりをした。

「常七は、その昔、それなりの料理屋で料理人をしていたんです。遠い昔だからって、どこの何というお店だったかも教えてくれないんですけどね」

明日葉は、常七を横目で見た。

「旅籠《はたご》の料理といえば、素人料理に毛が生えたものが多いと聞くが、常七とやらの味つけには、なにゆえか品というものがあるのう」

「もっと濃い味つけがいいとおっしゃるお客さんも多いですけどね」

「汗をかく夏場は、塩味を少し利かせるようにしておりやす」

常七が口をはさんだ。

「穴子あんかけ……これは格別美味であった。出入りの魚屋に穴子を持ってこさせて、さっそくうちでも作らせ……いえ、わらわが自ら料理するとしよう」

松子はにっこりと笑った。

今まで遠巻きに見ていたお駒が近づいて、あろうことか、松子の膝《ひざ》にすり寄った。

「これ、お駒」

上等の着物に猫の毛がつくとばかりに叱ったが、

「よいのですよ。おほほほ。こうして見ると、なかなか可愛いものじゃのう」松子は初めて声を立てて笑った。鈴を鳴らすような笑い声だった。

「礼に来たつもりがかえって馳走になった」

松子を、虎屋の前で待っている駕籠《かご》まで見送った。常七も戸口まで出てあいさつをした。

「では……」

松子が、待たせてあった駕籠に乗り込もうとしたときだった。

布袋屋の大暖簾《のれん》の内から清史郎が姿を現した。二刀を帯し、上物の小袖《こそで》に真新しい袴姿《はかますがた》が眩《まぶ》しい。やくざの一家の『若』などではなく、どこかの若さまのように見えるのは、日の光のせいだろう。

どぎまぎして、動悸《どうき》が増した。

「こ、このあいだは……」

上手く言葉が出ず、明日葉はただ頭を下げた。

「いやなに」

清史郎も短く答えて、そのまま立ち去ろうとする。

ふと見ると、松子が清史郎の顔を、食い入るようにじっと見詰めていた。

「なにか御用か」

清史郎がいぶかしげに松子に問いかけた。

「いえ……あるお方によく似ておられたもので……そのようなこともあるのかと驚いたのです。失礼いたしました」

松子は不躾《ぶしつけ》さを丁寧に詫《わ》びた。

気分を害したのか、清史郎は応《こた》えず、そのまま黙って立ち去っていく。

「どなたに似ていたのですか」

「いや、何でもない。他人の空似じゃった」

松子はそれ以上、言いたくないらしかった。

「雑作をかけた」

「お気をつけて」

言い合ううちに、駕籠は静々と動き出した。後ろをいく小者が、何度も嬉《うれ》しげに頭を下げる。駕籠かきのゆったりした掛け声が遠ざかっていく。

明日葉は街道筋の真ん中まで出て見送った。駕籠の影がどんどん小さくなっていく。

品川歩行新宿一丁目の、大見世が立ち並ぶ辺りまで差し掛かったときだった。駕籠に近づく長身細身の人影があった。駕籠がぴたりと止まる。孫八郎さまが迎えに来たのかな。確かめたくなった明日葉は、裾《すそ》をからげて街道筋を小走りに走った。

駕籠はすぐに動き出した。長身の孫八郎が駕籠の脇に寄り添いながらゆったりと歩く。小柄な小者が後をひょこひょこと追う。明日葉は立ち止まって、駕籠が街道の雑沓《ざっとう》に見えなくなるまで見送った。

からげていた裾を戻して、ゆっくりと虎屋へ戻ると、常七は帳場格子の内に座って書き物をし、お駒は、店の間の揚げ戸から顔をのぞかせて、明日葉が帰ってくるのを待っていた。

お茶を淹《い》れて板の間に座った。往来を忙《せわ》しげに、あるいはゆったりと行き交う人々を眺めながら、ほうっと一息吐いた。温かなお茶が喉《のど》を潤し、心が落ち着く気がした。

「松子さまがいなきゃ、清史郎さんと、もう少し話ができたかな」

お駒の平たい頭を撫《な》でながら、心の内で話しかけた。

十一年前の清史郎は、徳左衛門、常七以外に、どぎまぎせずに話せる、ただ一人の相手だったことを思い出せば、年月の移り変わりが恨めしかった。

「そういえば……清史郎さんは、おとっつぁんの真似をして、あたしの鼻の先を指でくにゅって押さえて、変な顔になったあたしをからかったっけ……で、いつもあたしを怒らせてたっけ」

そんなことも思い出した。

「あれはきっと、あたしがまだ子供だったから……」

お駒はなにも言わない。明日葉を見上げて、ゆっくりと瞬《まばた》きをした。

猫は好きな相手に、ゆっくり瞬きをしてみせるという。

「ま、いいか。お駒ちゃんがあたしのことを、大好きだって言ってくれるんだもんね」

明日葉もゆっくり瞬きをしてみせたが、今度は、馬鹿らしいといった顔で、そっぽを向かれてしまった。

「これでめでたしめでたしですなあ」

帳面から顔を上げた常七が何度もうなずいた。

「人って、あんなに変わるんだねえ」

「ぴかいちの女郎に惚《ほ》れられたと知って、孫八郎さんを見直したというより、惜しくなったんでしょうな。自分の持ち物を盗《と》られた気がして、相手の女を憎んだ。だけど、嬢ちゃんの機転で、はたと己の馬鹿さ加減に気づいた。そうなると、悪い事をしてしまったと、素直に詫びに行けた。そういうところはなかなか立派ですなあ」

「詫びにじゃなくて、直談判に行ったたって言うところが、松子さまらしいよね」

「そういうひねくれたところや、誇りの高さが、自分の気持ちに素直になれなかった原因でしょうなあ。ご主人に、冷たくあたっていた、そんなときの顔はきっと醜かったでしょうよ。孫八郎さまは奥さまを持て余して、つい魔が差してしまったんでしょう。孫八郎さまは、女遊びはもうこりごりでしょうし、婿に入ったからには、妻と仲睦《なかむつ》まじく暮らそうという気はあるでしょうから、松子さまがちょっとばかり歩み寄るだけで、きっと上手《うま》くいきますよ」

「美男美女だし、ほんとは似合いの夫婦だよね」

今思えば、鼻がつんと上を向いた、高慢そうな顔も、かえって愛らしく思えた。人は、ある一面から見ただけでは分からない。見方によって美醜も好悪もがらりと変わってしまう。

「嬢ちゃんにも、早いとこ、良いお婿さんが来るといいですがなあ」

「そこなんだよねえ。流行《はや》らない旅籠《はたご》に婿入りしてくれる奇特な人っていないしねえ」

その奇特な人が、顔を見るのも嫌な男だったらと思えば、ぞっとする。

「そういえば、嬢ちゃんは、誰ぞ好きになったなんてことがねえですなあ。歌舞伎役者だとか、相撲取りとかに熱を上げる若い女子《おなご》は、この品川でもごまんと居るっていうのにねえ」

常七はため息を吐いた。

「まあ、そのうちなんとかなるでしょ」

明日葉は笑って誤魔化した。

第四話　豊後臼杵《うすき》の黄飯

「こんにちは、明日葉さん」

台屋の豊後屋が、旅籠虎屋の前を通りかかった。輪にした手拭《てぬぐ》いを頭に載せ、その上に大きなお膳《ぜん》を重ねて器用に運んでいる。明るく元気な声が心地良い。

「あ、豊後屋さん、ご苦労さまです」

旅籠の前を竹帚《たけぼうき》で掃いていた明日葉は、愛想良く返事した。

なかなか人の名前を覚えられない明日葉だが、豊後屋の場合、着ている半纏《はんてん》に屋号が大きく染め抜かれているので、大いに助かっていた。

平旅籠である虎屋は仕出しに縁がないが、布袋屋をはじめとする飯盛旅籠は妓楼《ぎろう》なので、見世の台所で客のための料理を作ることはない。客の求めに応じて台屋から、『台の物』と呼ばれる仕出し料理を取っていた。駿河屋をはじめとする台屋が何軒もあった。

「二月ほど前に店を始めたばかりなのに、大忙しでありがたいことですよ」

豊後屋は顔をほころばせた。

そういえば、花里さん、豊後屋のおかみさんと知り合いって言ってたなと、花里の話を思い出した。

豊後屋は小さな台屋だが、大いに繁盛している。いつも忙しそうに布袋屋をはじめ、あちこちの妓楼に出入りしていて、夫婦だけでは手が足りなくなっているらしかった。

「今日も花里さんのお座敷ですか」

「そうです。その後は、美吉姐《みよしねえ》さんのお部屋へもお届けするんです」

豊後屋はにこやかに白い歯を見せた。三十歳前後だろうか。平べったい顔で鼻も低く、目だけが大きい。整った顔とは言えなかったが、さわやかで実直な人柄が、小柄な体全体から滲《にじ》み出ていた。

「豊後屋さんのお料理、美味《おい》しいと評判ですね」

「正式に板前の修業をしたわけではありませんが、子供の頃から料理がなにより好きでしてね。少しばかりの間、高輪の料理茶屋の板場で働かせていただいてから、台屋の真似事をしておるしだいで……何ともおこがましく、お恥ずかしいです」

正直で謙虚なところにも好感が持てた。言葉遣いも、堅苦しいくらい丁寧である。

「廓《くるわ》じゃ、料理は添え物でしょうけど、やはり美味しい料理を食べてもらわないとね。味も良くない、気持ちがこもっていない、飾り付けが大きくて、見栄えばかり派手で、量が少ない。なのに、一流の仕出屋のような代金を取る、というのは許せないのですよ。お姐さんがたも、毎日、台屋から料理を届けさせるでしょ。そんなときに、高いばかりで精もつかない、まずい料理じゃ気の毒です。わたしが微力ながら、一石、投じたいんですよ」

豊後屋がまなじりを上げて意気込みを語った。

ありきたりの料理を漫然と出している、いい加減な徳左衛門とは大違いで、明日葉は恥ずかしくなった。

「そうそう、この間……」

『巻きするめ』が美味しかったことを言おうとしたが、言いそびれてしまった。

「それじゃ、わたしはこれで」

豊後屋が布袋屋の入り口に向かったときだった。

「おっと、危ねえ」

だらしなく着崩した破落戸《ごろつき》が、豊後屋に思い切りぶつかってきた。

「あっ」

豊後屋がよろけ、料理を載せたお膳が、がらがらと道端に落下した。

「気をつけるんだな」

破落戸は捨て台詞《ぜりふ》を残して、あっという間に街道を走り去っていった。

「大丈夫ですか……って、大丈夫じゃないですよね」

明日葉も手伝って、散らばった鉢や皿を拾い集めたが、料理は土にまみれてもう使い物にならなかった。

「花里姐さんに、もう一度、作り直してきますと言ってこなきゃ」

「豊後屋さん、お膳や鉢はここに置いていきなせえ」

揚げ戸から顔を出した常七が、小店の板敷きに置くよううながした。明日葉も手伝って、膳の『残骸《ざんがい》』を運び込んだ。

「す、すみません。すぐ戻ります」

豊後屋は布袋屋との間の路地に小走りで入っていった。

「わしも店の間から見てましたが、ありゃあ嫌がらせだねえ」

常七は、皺《しわ》が寄った口をとがらせた。

「お客を奪われた台屋に頼まれたのかもねえ」

「出る杭《くい》は打たれるというんですかな。豊後屋はえらく評判が良いですからな。この調子で美味《うま》い台の物を流行らせれば、他のいい加減な店も、ちったあましな料理を作るようになるでしょうけどねえ」

「料理人だった常七さんの言葉なだけに、重みがあるねえ」

「いやいや、豊後屋の料理を食べてみたわけじゃなくて、ただ評判を聞いただけでの話ですがね」

常七は片眉《かたまゆ》を器用に動かした。

「こういう細工料理も上手《うま》くできてるねえ」

枇杷《びわ》の葉と本物そっくりな枇杷の実が、前菜の入っていた皿に残っていた。

「常七さん、これはどうやって作ってるのかな」

明日葉は可愛らしい枇杷の実をそっとつまんでみた。

「『枇杷玉子』ですな。練ったうにに醤油《しょうゆ》と酒を混ぜて『うに醤油』を作って、茹《ゆ》でたうずら玉子を、色と風味がつくよう二日ほど漬けておくんですよ。牛蒡《ごぼう》で茎の部分を作って、反対側には胡麻《ごま》を押し込んで、本物の枇杷みてえに作るんですがね。こりゃあ、上手くできてますなあ。器用なもんですよ」

「評判の味ってどんなだろう」

枇杷玉子をつまんで一口、かじってみた。

「これ、嬢ちゃん、そんなことしちゃ……」

「うわ〜。ほんとにうにの風味がするねえ。ほら、食べてみて」

「どれどれ。元凄腕《すごうで》の料理人としちゃあ、やっぱり味見しねえわけにはいかねえな」

常七も煙草を吸うのを止めて、残り半分を口に入れた。ふむふむと大きくうなずく。

「醬油の味加減も味の染み具合も良いですなあ」

「でしょ？」

言い合っているうちに、豊後屋が戻ってきた。

「美味そうだったので、枇杷玉子を少々、味見させてもらったんだが、なかなかの味じゃないか。こりゃあ繁盛するよ」

常七の言葉に、豊後屋は丁寧に腰を折った。

「ありがとうございます。常七さんは名のある料理人だったと、花里姐さんから聞いております。今度、料理をお持ちいたしますので、ぜひとも味見の上、ご指南ください」

「いやいや、そんなてえしたもんじゃねえですよ。花里さんの勝手な思い込みですがな」

常七はまんざらでもない表情で、顔をくしゃくしゃにした。

「お世話になりました。今からすぐ作り直さなきゃならないので、これで失礼いたします」

豊後屋は丁寧にお辞儀をしてから膳《ぜん》を担ぐと、あたふたしながら帰っていった。

「あれが嫌がらせとすると、これからもあるかもねえ」

「大きな膳を持っているんだし、避《よ》けるのは難しいでしょうなあ」

常七は煙草をぷかりと吹かせた。丸い煙の輪が、広い店の間の天井に向かって昇っていく。

「大変だよねえ」

「うちだって、平蔵に狙われて、なんだかんだと嫌がらせをされてまさあ。旦那《だんな》さんがいなさるから大ごとにはならないんですけど、他人事《ひとごと》じゃねえですよ」

常七は、煙草盆の灰筒に、かんと小気味良い音をさせながら煙管《キセル》を打ち付け、吸い殻をぽんと落とした。

徳左衛門は、腕っ節もさることながら、預かっている十手のおかげで、品川中の悪党どもに一目も二目も置かれていた。徳左衛門が留守である今、いつ何時、どんなひどい因縁をつけてくるか知れなかった。

「あーあ、おとっつぁん、早く戻ってくれないかなあ。豊後屋さんのこと、相談に乗ってあげたいよねえ」

「待つ身は長いですからねえ。でも、まだあれから六日しか経ってないですよ」

「無事に早く帰ってくれるよう、毎晩、お百度参りを続けていれば良かったかな」

「冗談はよしてくだせえ。二十日以上も、毎晩、清史郎さんに用心棒を頼むんですかい」

「今のは冗談よ。お百度参りは、もうこりごりなんだから。ねえ、お駒ちゃん」

とろとろと眠っているお駒に声をかけた。

今日は、空がどんより曇って肌寒いくらいだった。お駒は、いつもの嬰児籠《えじこ》の中ではなく、火鉢の猫板の上で香箱座りをして眠っている。

「猫はほんとうに幸せそうな顔で寝ますなあ。わしもこういう具合に、ゆったりぐっすり寝てみたいもんですよ」

常七が肩をとんとんと叩《たた》いた。またも煙管に新たな煙草の葉を詰めようとする。

「常七さん、吸い過ぎ。よくごほごほ言ってるくせに」

明日葉に睨《にら》まれて、常七は、はっとしたように手を止めた。

「猫って、ぐっすり寝ているみたいでも、すぐ起きちゃうし、一度、大きく伸びをしたら、すっきり目が覚めちゃうんだから、ぐっすりじゃないのかもね」

明日葉はお駒に顔を寄せた。お駒の寝顔を見ていると飽きない。明日葉まで眠くなってしまう。常七がこりずに煙草の葉を詰め始める気配を感じながら、大きな火鉢に寄りかかってうとうとし始めた。

その夜は珍しく客が多く、二階の二間はもちろん、一階の奥座敷、奥次の間、繋《つな》ぎの間に繋ぎ次の間も使っていた。おかげさまで、明日葉も常七もてんてこまいである。

奥座敷に酒肴《しゅこう》を運んだ後、明日葉は、一息つこうと、奥庭の飛び石伝いに歩いて、庭の奥にある枝折《しお》り戸から外に出た。

目の前には、大きな蔵が黒々とたたずんでいた。十年前の大火の際も焼け残った土蔵だった。めぼしいお宝は虎屋を立て直す際に売り払われて、先祖伝来のがらくたばかりが残っている。それでも往時のまま、大層な錠が下ろされていた。土蔵の古びた扉を横目に見ながら、明日葉は海側に下った。

緩やかな傾斜になった畑地には、作物だけでなく、座敷をはじめ、店のあちこちに活《い》ける花も植えているので、いつもなにかしらの花が辺りを彩っている。猫には毒である百合《ゆり》は植えていなかったが……。

日差しの眩《まぶ》しい昼日中、遊びにきた猫が、花畑をぴょんぴょん飛び跳ねて遊ぶさまは、のどかで楽しい絶景だったが、今は花々も花弁《はなびら》を閉じて、早々と眠りについていた。

斜面に点在する家々の先には、目黒川の流れ、その向こうには、長く続く南品川猟師町の町並みの黒い影が見える。はるか彼方《かなた》に目を転じると、漁《いさ》り火がちらちら輝く品川の海があった。

「あ〜、今日は忙しかったなあ。これで一段落かな」

明日葉は大きく伸びをした。空には満天の星が瞬いている。ほてった頰に潮風が心地良かった。

隣のどんちゃん騒ぎが聞こえなきゃ、ここは天下一の景色なんだけどなあ。

布袋屋の建物は、街道筋から見れば二階建てに見えたが、二十三間もの奥行きがあって、海側から見れば、豪壮な三階建ての造りになっていた。ちなみに、北品川宿と品川歩行新宿では、そういう本二階のある見世が、街道筋の町並みの半分近くを占めている。

「二階は街道側のたった二部屋だけというちと比べりゃまあ、布袋屋はまさにお城ですなあ」

井戸側の通路を抜けて、常七がひょっこりと姿を現し、楼閣のような布袋屋を見上げながらため息をついた。

「なのに、平蔵は、うちを潰《つぶ》して、見世をさらに広げようってんだからあきれちまうよねえ」

「住吉屋は間口が十間もありまさあ。布袋屋は八間で、だいぶ負けてますからなあ。是が非でも間口を広げたいんでしょうなあ」

「馬鹿みたい」

「平蔵は餓鬼の頃から、見栄っ張りでしたからなあ」

「根性が腐ってるよね」

「弥太郎親分と張り合ってますが、度胸も腕も、あっちのほうがだいぶ格上でしょうな」

平蔵の悪口を言い合っていると、布袋屋の裏手から人声が聞こえてきた。

「膳は、裏木戸の外に出してあるから持って帰《けえ》んな」

「はい、ありがとうございます」

布袋屋の若い者と豊後屋の声だった。台の物を届けた豊後屋が、昼に運んだ膳を持ち帰るのだろう。布袋屋の裏口の板戸がぴしゃりと閉まる音がして、植え込みの向こうに、豊後屋の提灯《ちょうちん》の灯《あか》りがふらふら動くのが見えた。

豊後屋は、そのまま路地を伝って帰るかと思ったが……なにやら急に辺りが騒がしくなった。

「どなたですか」

「静かにしろい」

「ちっとばかし話があるんでえ」

豊後屋と数人の男たちが激しくもみ合う気配がした。鉢や皿がぶつかり合って割れる音もする。暗闇で提灯の灯りが右往左往して見えた。

音曲や酔客たちの馬鹿騒ぎで、布袋屋の者たちはまったく気付かないらしい。

「大変！」

明日葉と常七は、慌てて声のするほうに向かった。

中空には上弦の月より少しふくらんだ月が輝いていたが、辺りはあくまで薄暗い。黒い影たちが、豊後屋の小柄な影を無理矢理引きずって、布袋屋の裏手から、砂地の道を下っていくのが見えた。男たちが持つ提灯の灯が揺れながら遠ざかる。

「こりゃいかん」

常七は、生け垣の途切れたところから、布袋屋の敷地に入っていった。布袋屋の浜座敷と呼ばれる大広間から漏れる明かりを頼りに、明日葉も続く。

「誰かいねえか。てえへんだ」

常七が、砂利道になった細路地に出て、裏口の板戸をどんどんと叩きながら叫ぶと、しばらくしてから、助六らがぞろぞろ姿を現した。懐手をした鬼平の姿も見える。

「何でえ。虎屋の爺《じい》さん」

大岩のような助六が、枯れ木のような常七を見下ろしながらすごんだ。

「あんたたちの見世に出入りしている、豊後屋さんが大変なの。助けに行ってあげて」

明日葉も、思わず背伸びしながら必死に訴える。

「へへ、台屋がどうしたって？　この布袋屋にゃ関係ねえこった」

助六がせせら笑い、他の子分たちも尻馬《しりうま》に乗って下卑た笑い声を上げた。

「豊後屋の野郎、近頃、贔屓《ひいき》が増えて、いい気になってたから、恨みを買ったんじゃねえのか」

「おもしれえや。明日《あした》、どんな顔《つら》になってやがるかなあ」

「豊後屋は、明日の朝にゃ、目黒川か、いや、品川の海に浮かんでるかもなあ」

話がだんだん物騒な方向へ流れていったが、誰一人、助けに行ってやろうという者はいなかった。

「お願い。誰か、豊後屋さんを助けてあげて」

明日葉の言葉に、助六はにやにや薄笑いを浮かべるばかりである。布袋屋の明かりを受けて助六らの顔が鬼のように見えた。らちが明きそうもない。

「あたしたちだけでも、追ってみようよ、常七さん」

「けど、年寄りと女だけじゃ……」

常七と顔を見合わせたときだった。

開いた板戸の奥の薄明かりの中から、凛然《りんぜん》とした声が響いてきた。

「なにを騒いでやがる」

一喝した声は清史郎だった。

「若……」

「す、すいやせん」

途端に助六らが押し黙る。

「清史郎坊ちゃんなら、話が早ええ。聞いておくんなせえよ」

「大変なの、清史郎さん」

明日葉と常七は手短に事情を話した。清史郎の片眉《かたまゆ》が癇性《かんしょう》に動く。

「うちの真裏で事を起こすたあ、いい度胸でえ」

清史郎の鶴の一声で、たちまち、子分たちの態度が一変した。

「若のおっしゃる通りでえ」

鬼平が真っ先に尻端折《しりはしょ》りし、腕まくりする。鼻息も荒くなった。若い子分が灯を入れた弓張提灯を素早く用意する。長ドスを持ち出す者もいた。

子分たちは、見世の裏手に住まっている。事が起こった際に、いつでも飛び出せるよう、用意してあるらしかった。

「どこの身内か知らねえが、舐《な》めた真似しやがって」

「布袋屋の面子《メンツ》にかかわりますさあ。ねえ、若」

暗い砂地の道を、黒く流れる目黒川岸へと、鬼平たちは、雄叫《おたけ》びを上げながら、どやどや駆け下りていった。助六だけ、ふて腐れたような顔でゆっくりと向かった。

「待ちやがれ！　ぶっ殺すぞ」

鬼平の野太い怒号が川岸に響く。

叫び声が上がる。悲鳴も聞こえる。

清史郎の怜悧《れいり》にも見える横顔が、布袋屋の明かりに照らし出される。子分達の首尾を見届けることもなく、黙って見世の中に姿を消した。

「ふっ」

「ふん、けちな真似しくさって。らちもねえやな」

「若の言う通りでえ。あのまま放っておきゃ、うちの親分が恥をかくところだったぜ。あいつら、布袋屋への嫌がらせも兼ねて、見世の裏で豊後屋を狙いやがったんだな」

「ありゃあ、確かに、鯨塚の弥太郎んちの下っ端でしたぜ。おおかた、駿河屋かどこかの台屋から頼まれたんでしょうよ」

子分たちが、だみ声で言い合いながら、意気揚々と戻ってきた。

「豊後屋さんはどうなりました？　無事ですか」

尋ねる明日葉に、鬼平が口の端を歪《ゆが》めた。

「奴らが俺たちに驚いている隙に、とっとと逃げちまったぜ」

「それにしても、放っておきゃいいのに、若もずいぶん酔狂なことでえ」

助六が不満げにつぶやいた。

蛾が吸い込まれるように、子分たちが、明かりが漏れる戸口に姿を消す。

「やれやれ、豊後屋さんが無事で良かったですのう。わしらも戻りましょうかのう」

「この先、心配だよねえ。またこんなことが起きたら、今度は……」

「もう、心配いらないでしょうよ。弥太郎一家は、布袋屋が豊後屋に肩入れしているると思ったでしょうからね。この先おいそれと手出しできないでしょうよ」

「なるほど。清史郎さんの、ちょっとした一言のおかげで万事解決ってわけね」

明日葉は胸をなで下ろしながら、常七とともに、裏庭伝いに店の間に戻った。

翌日は客が一人もないまま、夕暮れ近くになった。

夕餉《ゆうげ》の支度をしている常七に代わって、街道筋に出て客引きをしていると、質素な身なりをした武家が虎屋の前で足を止めた。一文字笠《がさ》と呼ばれる笠をかぶり、刀は大小とも柄袋《つかぶくろ》で覆われていた。

「この宿は、あいまい宿ではあるまいな」

えらが張って、ごつごつした顔の武家が声をかけてきた。眼光が鋭く、いかにも謹厳実直な古武士といった風格を感じさせる、五十半ばの男だった。少し遅れて、妻女とおぼしき女が現れ、武家に寄り添った。手拭《てぬぐ》いを姉さま被《かぶ》りにして、着物の上から塵除《ちりよ》けのために浴衣《ゆかた》を羽織っている。男と正反対に、ふくよかな体つきで、おっとりして物腰の柔らかな女だった。

「はい、この虎屋は平旅籠《はたご》です」

「品川は飯盛旅籠ばかりと聞いておるが……この宿には、飯盛女は一人もおらぬと申すのだな」

訛《なま》りのある抑揚ながら、江戸言葉で話しかけてきた。江戸詰が長かった侍ではないかと思われた。

「へえ、間違いごぜえやせん」

暖簾《のれん》をくぐって、常七がせかせかした足取りで出てきた。

「この宿は、ここにおる女子《おなご》と、わしだけでごぜえやす……で、この女子は、ただいま留守をいたしております、旅籠の主《あるじ》の跡取り娘でして、女郎の真似などは決していたしませんでの」

常七が念を押すように言い足した。

「では、ここで厄介になるといたそう。南北境橋《なんぼくさかいばし》なる橋より南は、軒並み、けばけばしい店構えのいかがわしい飯盛旅籠か、さもなくば、あいまい宿じゃったが……北品川まで足を伸ばして良かったであろうが」

武家は四十過ぎの妻女に向かって、横柄な物言いで言った。

「ほんに、そうでござりまする」

妻女は静かに微笑んだ。よく見れば、目の下に黒々と隈《くま》ができている。

二人とも疲れ切っているように見えた。いや、妙に暗く沈んでいる。

旅籠のうちに案内しようとすると、妻女がふらりとよろけ、武士が大声で怒鳴りつけた。

「なにをしておる。そのような体たらくでどうする」

「はい。気をしかと持たねば……」

妻女が力のない声で答えた。

「これ、番頭、半紙を用意いたせ」

武士の言葉に、常七が帳場から半紙と矢立を用意した。

「豊後の国臼杵《うすき》より参った豊田《とよた》半《はん》右衛《え》門《もん》と記せ」

半右衛門にはこの宿で落ち合う人がいるのだろう。旅籠の前に、在所と名前を書いた半紙を貼り付け、その客を訪ねてくる人たちに報《しら》せることはよくあった。

「豊後の国からですか。遠路はるばるお越しになったのですね。さぞかしお疲れでしょう」

言いながら湯が入った盥《たらい》を持ってきて、二人の足を洗い始めた。

「わたくし、和江《かずえ》と申しますの。息子を頼ってこの品川まで参ったのですが、行き方知れずになっておりましてねえ……」

妻女が話し始めると、半右衛門がたちまち割って入った。

「赤の他人に何でも話すでない」

「申し訳ございませぬ。気をつけます」

言いながらうつむいた和江には、まったく訛りがなく、江戸者の抑揚だった。

ご主人、誰にもやたら偉そうで、特に、奥さまが可哀想。嬰児籠《えじこ》の中で軽い寝息を立てて寝ているお駒に、心のうちで話しかけた。

嫌な客や腹が立つ客は多いから、いちいち気にしていては務まらない。徳左衛門からは常々「どんな客にも誠心誠意真心で応対しろ。ただしできる範囲でいいからな」と聞かされて育った。

あくまで『できる範囲でいい』というところが、いい加減でお気楽な徳左衛門らしく、よく似ている明日葉も納得がいくところだった。

「では、お部屋にご案内いたします」

街道が見渡せる二階より、落ち着いて過ごせて、しかも厠《かわや》や風呂《ふろ》に近い奥座敷が良いだろう。他の部屋より一段高くなっており、部屋の造りも一番上等である。気位が高そうなこの客にはぴったりだと思った明日葉は、一階の一番奥の部屋へと案内した。

座敷には床の間があり、入《い》り側《がわ》と言って、濡《ぬ》れ縁《えん》と部屋との間に、三畳の畳敷きの間まであった。

土蔵の白壁を背景にした広い奥庭は、常七が暇を見つけて庭木を剪定《せんてい》していた。常七は何事にも器用なので、いかにも手入れが行き届いた庭に見えた。白い砂が敷き詰められ、飛び石が道をつけている。松の木の前には、石榴《ざくろ》や木槿《むくげ》、その他、背の低い灌木《かんぼく》が植えられ、四季それぞれに彩りを添える花木や草が巧《たく》みに配されていた。

「ふむ」

半右衛門は部屋の造作や庭の様子を見渡して、満足げにうなずいた。

「お茶の用意をしてまいります」

言いながら座敷を出た明日葉を、和江が慌てて呼び止めた。

「あ、あの……このように立派な座敷なら、お代のほうが……」

心付けらしき包みを手渡しながら、小声で尋ねてきた。間近で見ると、顔の側面の染みが目立った。

「お部屋はすべて同じ宿賃です。夕餉と朝餉付きで、お一人二百文となります。追加でお頼みになった、お酒や肴《さかな》は、そのお代をちょうだいいたします」

「そうでしたか。安堵《あんど》いたしました」

和江はにっこりと笑った。

「お心遣いは……」

心付けを返そうとしたが……。

「こら、なにをぐだぐだしゃべっておる。女はおしゃべりでいかん」

半右衛門の声に、和江は慌てて部屋に戻っていった。

明日葉は、手の中に残った心付けに一礼して、ありがたく胸元におさめた。

お茶を出してから店の間に戻ると、常七が通りに出て、半右衛門の在所と姓名を記した紙を、軒下に貼りだしているところだった。

豊後屋が通りかかって、ぎょっとした顔で足を止めた。

「豊後屋さん、今日もご精が出ますな」

足早に通り過ぎようとする豊後屋に、常七が声をかけた。

「あ、ど、どうも……」

豊後屋は生返事をしながら、そそくさと、布袋屋との間の路地へと入っていった。

「ふふっ。わしらは命の恩人なのにねえ」

揚げ戸の外と内、常七と明日葉は顔を見合わせて笑った。

結局、他に客は来ないまま、夕餉《ゆうげ》となった。膳《ぜん》を持って繋《つな》ぎの間に入り、奥座敷の障子の前で声をかけようとしたときだった。

「ふくらはぎじゃな」

「相済みませぬ」

「こうかの」

半右衛門の優しげな声が聞こえてくるではないか。どうやら、妻の足をもみほぐしてやっているようだった。

明日葉は、膝退《しったい》して、いったん後戻りしてから立ち上がった。わざと襖《ふすま》を開け閉めして物音を立てると、身じろぎする気配と、座り直すかすかな音がした。

「お食事をお持ちいたしました」

奥座敷との境に戻って、おもむろに声を掛けた。

「入れ」

重々しい半右衛門の声に、障子を開いて、二人の前にお膳を運んだ。鯛《たい》の煮付けに豆腐の澄まし汁、煮物は椎茸《しいたけ》に茄子《なす》、蒲鉾《かまぼこ》を添えてあった。

「この宿は何匹、猫を飼《こ》うておるのじゃ」

「飼い猫はお駒という牝猫《めすねこ》だけで、あとは近所の猫が入ってくるのです」

「わしは猫が好かぬ。近づけるでないぞ」

「は、はい」

言いながら、明日葉は早々に部屋を出た。

何度か酒のお代わりを頼まれ、後で膳を下げにいったところ、料理はほとんど手つかずで、半右衛門は酔いつぶれていた。

「すみません。お口に合わなかったでしょうか」

「いえいえ、決してそうではありませぬ。旅の疲れで、二人とも食欲がなくてね」

和江はなにかまだ言いたげだったが、目を覚ました半右衛門が、

「和江、くだらぬことを話すでない」ぴしゃりと言い放った。

明日葉は膳を下げた後、布団を敷いて座敷を辞した。

井戸から水を汲《く》むため、庭に向かおうとすると、お駒が一緒についてきた。

「お駒、奥座敷のお客さんは、猫嫌いのお侍さまだから、絶対、近づいちゃだめよ。他の猫にも言っておいてね」

声をかけながら、板戸を開けて井戸に向かった。明日《あした》は十三夜月で、十五夜も近い。井戸端は明るい光の中にあった。

「あ」

思わず声を上げそうになった。

人影が、枝折り戸を開けて、土蔵と厠の間の通路にそろそろ入っていく。

泥棒だ。明日葉は手近にあった庭用の竹箒《たけぼうき》をしっかと手にした。枝折り戸の手前で、厠の壁に身を寄せる。

人影は、障子越しに明かりが漏れる奥座敷をうかがっている。

「ええっ」

今度こそ声を上げそうになって、慌てて口をふさいだ。

月明かりに照らされてちらりと見えた横顔は、豊後屋ではないか。

厠の壁に身を寄せて、庭木越しに、じっと座敷のほうを見詰めていた……と思うと、木々に隠れながら、奥座敷に近づいていく。明日葉は枝折り戸を抜けて土蔵と厠の間の通路に出た。

声をかけようかと、迷いながらうかがっていると……。

「ちょっと貸してよね」

枝折り戸の向こうから、花里の明るい声がした。

振り向くと、花里がお駒を抱いていた。

庭に目を戻すと、豊後屋が慌てて、土蔵の裏へ逃げ込む、小柄な後ろ姿が見えた。

「猫でもいたのかい」

花里は奥庭に向かう通路をのぞきこんだ。

「今そこに、見たことがない大きな猫がいたので、そっとのぞいたのですけど、見間違いだったみたいです」

花里が大の猫好きと知ってから、すらすら話せるようになっていた。

「ほんとこのお駒ちゃん、可愛いよねえ。年寄りのはずなのに、毛がつやつやしてて、ほんと猫又じゃないの？」

「かもしれませんねえ」

適当に答えながらも、豊後屋のことが気になった。

昼間、虎屋の前を通りかかった豊後屋は、半右衛門の名を書き付けた半紙を見て、顔色を変えていた。和江は息子を頼って品川に来たと言っていた。豊後屋が武家夫婦の息子なら年齢も合う。すべてが符合したが、豊後屋の様子からみて、名乗り出られない深い事情がありそうだった。

「にゃおん」

お駒が花里の顔を見上げながら、甘えるような声で一鳴きした。暗い中なので、瞳《ひとみ》がやたら大きい。

「ほんと器量よしだねえ」

花里が愛《いと》おしそうにお駒に頰擦りした。お駒は迷惑げな顔だったが……。

「そうそう、さっきの客からもらった菓子なんだけどね。あんたと爺《じい》さんで食べなよ」

花里はお駒をしっかと抱きしめたまま、四角い箱を手渡してきた。

「木村屋《きむらや》の『品川餅《もち》』だよ。食べたことはなくっても、名前くらい知ってるだろ？あんたらにはなかなか食べられない菓子だけどさ。わっちにしたら駄菓子さ。気にしなくたっていいから食いなよ」

むっとする言い草だが、菓子屋から菓子を買うことなどない明日葉にとって、正直なところ、嬉《うれ》しいに違いなかった。

「ありがとう。じゃあ、お駒ちゃんとごゆっくり」

花里は紐《ひも》の先に小さな鞠《まり》をつけた、猫のためのおもちゃを手にしていた。紐を振ると、お駒の目がしゃきんと見開かれた。

「ほれ、ほれ。お駒ちゃん〜。こんなの作って来ちゃった」

お駒相手に戯れ始めた花里を残し、井戸に向かおうとする明日葉に、

「ごゆっくりつったって、ゆっくりなんてできるもんかい。わっちは、品川一の板頭だよ。さびれた旅籠《はたご》にいるあんたみたいな暇人とは訳が違うからね。客が来るまでのちょっとの合間に抜けてきたんだ。ねえ、お駒ちゃ〜ん」

憎まれ口を叩《たた》くそばから、お駒にでれでれする花里に、思わず口元が緩んだ。

「いつでもお駒に会いにきてね」

言いながら井戸に向かった。

品川は海が近いため、南品川猟師町などでは、井戸に潮がさして飲めない。おとよの家は、水屋から水を買っていたが、虎屋の井戸からはむしろ名水といえる水が湧き出していた。

奥座敷へ、枕辺に置く水差しを届けた後、できるだけ音を立てないようにしながら、庭に面した雨戸を閉めた。

念のため暗い庭を透かし見たが、豊後屋の姿はなかった。半右衛門は大きないびきをかいて眠っている。

「今日は他にお客さまもおられませんし、台所でお茶でも飲みませんか」

台所の畳の間に和江を誘って、お茶と、先程、花里からもらった品川餅を小鉢に入れて出した。客が多いとき、お膳《ぜん》をずらりと並べておいて、料理を用意するため、台所は十畳の広さがあった。

「わしもよろしいかな」

煙草盆を抱えてきた常七が座に加わった。

「和江さま、このお菓子は品川で有名な木村屋の『品川餅』でやす。小豆《あずき》を入れた葛餅《くずもち》にきな粉を混ぜましての。黒蜜《くろみつ》をかけて食べますのじゃ」

まるで自分が買ってきたように、すました顔で説明した。

旅籠で出す菓子といえば駄菓子で、昔は駄菓子さえ出さなかった。夫婦が来たときにも茶請けはありきたりな煎餅《せんべい》だった。

三人でお茶を飲みながら品川餅を食べ始めた。

「もちもちしたところがいいですねえ」

「葛餅の中に入った小豆がほの甘いですね。こういう味はなかなか豊後にはありませんでしたねえ」

和江の言葉に、常七がお茶をすすりながらのんびりと口をはさんだ。

「豊後の国臼杵といえば……やはり『黄飯』ですなあ」

「そうです。でも、よくご存じですね」

和江は嬉しげに身を乗り出した。

「貧乏臭い料理なので、胸を張って臼杵の郷土料理ですとは言いがたいのですが……」

「和江さまも臼杵のお生まれですかのう。お国訛《くになま》りがないようですがの」

煙草に火をつけながら常七が尋ねた。

「わたしは生まれも育ちも江戸ですが、いつの間にやら臼杵での暮らしのほうが長くなりました。黄飯は、生まれたときから食べていたような気がするくらい、大好きな料理です。毎年、大晦日《おおみそか》に炊いて、三が日の間、煮返して食べるんですよ。えそなど色々煮込んだ物をかけて……」

「えそって何ですか」

「えそは白身の魚です。見掛けがうつぼに似ているせいで、魚屋にはあまり出回らない魚なんですけど、すり身にして蒲鉾《かまぼこ》にすると、とても美味《おい》しいんですよ」

和江の言葉にうなずいた明日葉は、常七のほうに顔を向けた。

「常七さん、あたしも、黄飯がどんな料理か食べてみたいな。せっかくだから、作って食べていただこうよ。えそという魚は手に入らないかもしれないけど」

「それはよろしいな。さっそくおとよに頼んで探してもらいますかな」

相談を始めた二人に、和江は、慌てたように、手を振って制した。

「いえ、それは……せっかくですが黄飯は……」

「ご主人がお嫌いなのですか」

「いえ、そうではなくて……」

和江は急に涙ぐみ始めた。

「毎年、年の末に、一人息子の彦一郎《ひこいちろう》が腕をふるってくれた料理が黄飯なのです。彦一郎は料理が得意で、特に黄飯とそのかやくは絶品でした……」

やはり豊後屋の主人が息子に違いなかった。

「臼杵藩はいよいよもって窮乏を極め、ついに主人もお役御免となって、浪々の身になりました。彦一郎は、二年前まで、高輪の某お旗本のお屋敷に、若党《わかとう》として奉公しておりました。その後、お役目を辞して南品川で寺子屋をしておるとのことで、昨日、住まいを訪ねたのですが……すでに長屋を引き払っていて、その後の行き方が知れぬのです」

「それはお困りですね」

「臼杵を出る前に文を送りました。その文は確かに届いていたはずなのですが、大家さんの話では、夜逃げ同然にいなくなって、誰も行方を知らぬとか……親孝行な彦一郎が、わたくしどもに黙って行方を眩《くら》ませるなんて、絶対に考えられませぬ。彦一郎の身に、よほどのことが起こったに違いありません。なので、心配で、心配で……」

和江は袂《たもと》を目に当てながら、涙声になった。

豊後屋は事情があって親に会えないのだ。だから、両親が品川に出てくると知って、住まいを引き払ったのだろう。ともかく明日《あした》、豊後屋に会って話を聞いてみよう。明日葉は、常七と目を合わせてうなずいた。

「おい、和江」

半右衛門の呼ぶ声に、

「はい、ただいま参ります」和江は慌てて座敷に戻っていった。

「半右衛門さまが目を覚まされたようだし、夜食を作って届けようよ」

「なら、豆腐が残っていますので『ぶっかけうどん豆腐』ってのはどうですかい。夜は冷えますし、腹が空《す》いていなさるでしょうしね」

常七が豆腐を太いうどんのように切っていく。同じ太さで長く切っていくさまに、明日葉は感心した。

鉢に入れた豆腐に、明日葉が湯を注ぎ、温めてから湯を切った。大根おろしは明日葉が担い、常七が煮返した醬油《しょうゆ》をかけたところに、大根おろし、花がつお、小口切りにした葱《ねぎ》と唐辛子を彩りよく盛った。ちなみに葱を小口切りにしたのは、むろん常七だった。

座敷に向かうと、半右衛門は縁側に座ってぼんやり庭をながめていた。

「うどん豆腐をお持ちしました。召し上がってください」

声をかけた明日葉に、酔っている半右衛門は不快そうに声を荒らげた。

「なんじゃこれは。このようなもの頼んでおらぬぞ」

「奥さまからお心付けをいただきました、そのお礼です」

「おお、そうか。和江が心付けをの。そうか、そうであったか」

半右衛門は、あっさり矛を収めた。

「せっかくですから、いただきましょう。あら、おいしそう」

和江は、半右衛門に勧め、自分もうどん豆腐を口にした。

「うどんのようでも、豆腐ですからあっさり食べられますね。あなた、お食べになりませぬか。ほっこりいたしますよ」

「う、うむ」

半右衛門もしぶしぶ箸《はし》をつけ始めた。

「では、ごゆっくりご笑味くださいませ」

明日葉は静かに襖《ふすま》を閉めて台所に戻った。


明くる日、夜明け前から、内庭に据えられた竈《かまど》でご飯を炊いていると、和江が盆を返しに来てくれた。うどん豆腐が入っていた器は、二つともすっきりと空になっていた。

「おかげさまで……わたしの分まで、主人に食べられてしまいました。わたしはあまり食べられなくて残念でしたよ」

ふくよかな顔の目尻《めじり》を下げて、和江は白い花のように笑った。

「主人のことですけど……すみませんねえ。無闇に偉そうにふるまうので、困ってしまうんですよ。臼杵でもさしたるお役目ではなかった上に、今はもう浪士の身ですのにね」

和江は内緒話のように明日葉にささやいた。いたずらっぽい目が愛らしい。

「男は、妙に恰好《かっこう》をつけようとするところがありますからの」

耳ざとく聞いていた常七が大きくうなずいた。

「男はっていうより、男女問わず、そういう人は、けっこういるんじゃないの」

「そういえば……」

孫八郎と松子夫婦を思い浮かべたらしく、常七はにやりと笑った。

さまざまな人との出会いと別れが、旅籠《はたご》を営んでいる醍醐味《だいごみ》なのだろう。一宿一飯の縁でも、心を開いてくれる、安らいでもらえるようになりたい。今は、半右衛門夫妻と豊後屋の力になりたい。明日葉は思いを新たにした。

半右衛門夫婦は、朝餉《あさげ》もそこそこに、南品川へと向かっていった。もう一度、妙《みょう》国寺《こくじ》門前の長屋周辺を尋ねて回るという。

明日葉は、お駒の助けを借りることにした。お願い、一緒に来てと、お駒に向かって手を合わせて拝むと、お駒は合点承知の助といった顔で、明日葉の腕の中に納まってくれた。

「さあ、行こう」

半右衛門夫婦と鉢合わせしないよう、虎屋の裏手から出て、地元の人しか通らぬ細い砂利道をたどって豊後屋を目指した。

豊後屋は、南品川一丁目を海側に下った横町にあった。品川の海がすぐそこに見えている。

一軒家だが、粗末な平屋で、店構えなどなかった。表の腰高障子に、丸に豊後の字が記されていた。夜遅くまでの商いにもかかわらず、早朝から美味《おい》しそうな湯気が漂い出ている。戸口はぴったり閉まっていた。

「豊後屋さん」

明日葉の声に、おかみさんらしき、大柄でたくましい体つきの女が出てきた。ひっつめ髪で質素な木綿の小袖《こそで》だったが、素人とは思えぬ色香が隠し切れない女だった。姉さま被りも妙に仇《あだ》っぽい。

「なんだい。あ、猫旅籠……じゃなくて、虎屋の明日葉ちゃんだね。久しぶり。お駒ちゃんも相変わらず、美猫だねえ」

歯切れの良い口調で親しげに言われたが、明日葉にとって、まるで覚えのない顔だった。

「明日葉ちゃん、まあ、入りなよ。今、宿六は店の裏手で、生姜《しょうが》の酢漬けを仕込んでるとこだからよ」

まるで心安い間柄のように、背中に手を回しながら招き入れてくれた。戸惑う明日葉の様子に、おかみさんは、

「あたしのこと……ひょっとして忘れてる？」少し寂しげに問いかけてきた。

「名前をちょっと忘れしてしまって……ごめんなさい」

「謝らなくたっていいよ。昔の名前は忘れてくれていいんだ。栄屋《さかえや》じゃ、おそでって名で出てたけど、今は元の名前に戻って、およしってんだ」

およしは屈託のない明るい顔で笑った。日によく焼けて、海辺の明るい日差しが似合う笑顔だった。

栄屋は布袋屋の南隣にある妓楼《ぎろう》だった。布袋屋のような大見世ではなく、南品川に立ち並ぶような、安女郎ばかり数人置いている小さな飯盛旅籠である。

「今は、およしさんなんだね」

覚えていないことに後ろめたさを感じながら、話を合わせた。

「売れないなりにこつこつ働いて、無事に年季が明けたから、晴れて彦一さんと一緒になれたんだよ」

およしは嬉《うれ》しげに顔をほころばせた。

彦一というのが、豊後屋の主人の名前らしかった。彦一郎という名を町人らしく改めたのだろう。

「わっちは運が良かったよ。おまけに、子まで授かったんだ」

およしが顔を向けた板の間には、嬰児籠《えじこ》の中ですやすや眠る赤子の姿があった。

「可愛い！　丸々して元気そう」

言いながら、明日葉の胸は熱くなった。

遊女の暮らしは過酷で、子を産めない体になってしまう女が多かった。

そもそも、吉原でも、品川でも、遊女が無事に年季明けを迎え、さらには惚《ほ》れ合った男と所帯を持つことはまれだった。

「だろ？　この子のためにも、もっと豊後屋を繁盛させないとな。今はこんな店だけど、そのうちちゃんとした広いところに店を構えてえんだ」

およしは浅黒い顔に似合う、真っ白な歯を見せた。一点の曇りもない、満たされた笑顔だった。

およしは、彦一が襲われたことを知らないようだった。彦一は心配をかけまいと黙っているのだろう。

「住まいもここなんですか？」

鎌を掛けてみた。

「一ヶ月ほど前までは、妙国寺門前の長屋住まいだったんだけどね。宿六が、急に、『長屋を借りているのはもったいない』って言い出して、今は、この裏に掘っ立て小屋を継ぎ足して住んでるんだ」

やはり父親絡みの話もおかみさんに黙っているらしい。明日葉は頭の中で事情を組み立ててみた。

あの堅物な半右衛門が、女郎だった女を一人息子の嫁と認めるはずがない。両親が品川に出てくると知った彦一は、慌てて長屋を引き払って行方を眩《くら》ました。

二人がいつ品川にやってくるかびくびくしていたところ、虎屋に泊まっていると知って、様子をうかがいに来たのだ。

「あんた、お客さんだよ」

およしの声に、彦一が、鉢巻きと襷《たすき》をはずしながら、のっそりと姿を現した。明日葉の姿を見て、ぴたりと足が止まった。

「なにか御用でしょうか」

「彦一さん、昨日の晩、うちに忍び込んだこと、知ってます。うちにお泊まりのお客さまのことで来ました」

およしには聞こえないよう、ささやいた。彦一は、一瞬、蒼白《そうはく》になって口をぱくぱくさせたが、

「あ、毎度どうもありがとうございます。例のご相談ですね。仕込みの途中なんで、裏へ来ていただけますか」

およしに聞こえるように言いながら、明日葉を裏手に案内した。

店の裏は松林が広がっていて、地面は白々とした砂地だった。朝顔によく似た浜昼顔の花が一輪だけ咲いていた。梅雨が明ければ、薄紅色と白の混じった花が、浜辺をにぎやかに彩ることだろう。潮風がまともに顔をなでる。お駒と目を合わせた後、ずばりと斬り込んだ。

「半右衛門さまってお侍さんは、彦一さんのお父上ですよね」

「確かにその通りです」

彦一は砂地にあった倒木の幹に、力なく腰を下ろした。

「まだご夫婦には言ってません。先に、彦一さんから詳しい事情を聞きたいと思ってここへ来たんです。事と次第によっては、力にならないこともないですよ」

明日葉は、徳左衛門なら言いそうな台詞《せりふ》を言った。

辺りをきょろきょろ見回して、近くにおよしの姿がないことを確かめてから、彦一は途切れ途切れに語り始めた。

「わたしが十八歳で江戸に出たときは、しかるべきところに仕官したいと考えていたのですが……立派なお旗本の御家中とはいえ、若党では、俸禄《ほうろく》など微々たるものです。一生、お屋敷の中でお長屋暮らしをするしかない境遇でした」

若党は俗に『三一侍《さんぴん》』と呼ばれ、一年に三両一人扶持《ぶち》の俸禄しかなかった。

「好き合ったおよしと所帯を持つことができぬため、お役目を辞しました。もともと料理が得意でしたので、高輪の料理茶屋で修業してこの稼業を始めたのは、この前に申し上げた通りです。遠く離れていることを幸いに、父母への文には、長屋での浪人暮らしながらも、手習いの師匠を世過ぎにしている、寺子も五十人ほど抱えて立派に暮らしているなどと偽って、体裁を取り繕いました。曲がりなりにも武士といえる、若党の職を辞したうえ、安女郎と所帯をもっての、女郎屋相手の商い……父上がお聞きになれば、わたしを成敗してご自分もお腹を召されるでしょう」

「それはあるかもしれませんねえ」

骨格や肉付きに衰えが見えない半右衛門の、意地の固まりのような、角張ったいかつい顔を思い浮かべながら、明日葉は大きくうなずいた。

「元はと言えば、あの父上の生真面目さ、誇りの高さが息苦しくて、臼杵を飛び出したのです。突然、職を辞してこちらに来るとの文に驚き、行方をくらますために長屋を引き払ったしだいです」

半右衛門は彦一に、『お役を解かれた』とは言わず『自ら辞した』と虚勢を張ったらしかった。

「おかみさんには全部、内緒なんですね」

「およしが知れば……女郎には珍しく、心根の優しい……いや、男勝りで気っ風が良い、姉さん女房ですからねえ。きっぱり、身を引くと言うでしょう」

「分かりました。およしさんには、黙っておきますから安心してください」

「ただ隠れて、やり過ごせば、見つかる恐れはないでしょうが……」

「今日も長屋まで行って聞き回っておられますけど、この場所が気取られることはないでしょうか」

「それなら大丈夫です。あの長屋はどのみち取り壊し間近だったんです。もともと空き家が目立っていて、親しくしていた店子《たなこ》はいません。この店のことを誰も知りやしません。大家さんには、事情を話して固く口止めしてありますしね」

「なるほど」

「父母は、この先、どうやって暮らしを立てていくものやら、気がかりでなりません。ですが、名乗り出るわけにもいかず、どうすればよいのか、心は千々に乱れるばかりなのです」

うつむいた彦一は、寂しげに目を瞬《しばたた》かせた。明日葉の腕の中で、お駒が短く鳴いた。

「ところで、今日の夕餉《ゆうげ》に、黄飯を作ろうと思うんですけど、臼杵にいたときに使っていた食材って何でしょうか」

「えっ。黄飯を作るんですか」

「彦一さんのお母さまが、料理が上手《うま》かった彦一郎が、いつも大晦日《おおみそか》に作ってくれた料理だと、懐かしそうにおっしゃっていましたから」

「そうですか……」

彦一はうつむいて、しばらく目を閉じていた。浜から一陣の風が吹いてきて、彦一の鬢《びん》のほつれ毛を揺らした。

「そういうことなら……後でこっそりうかがいますから、黄飯をこのわたしに作らせてください。食材もこちらでそろえます」

「せめてもの親孝行ってわけですね。それは名案かもしれません」

明日葉は、お駒と目を合わせながら、大きくうなずいた。

虎屋に戻って一刻《いっとき》ほど後、食材を抱えた彦一が、汗を拭《ふ》き拭きやってきた。

「ご夫妻はまだ帰っておられません。さあ、こちらにどうぞ」

明日葉は、竈《かまど》が据えられた内庭へ、彦一を案内した。

さすが仕出屋を営んでいるだけあって、えそも、ちゃんと調達していた。確かにうつぼに似ていて、明日葉は、背中がぞわっとした。

「今日はお客さんを取りませんから、内庭も台所もゆっくり使ってくだせえ」

「すみません。そこまでしていただいて……ご恩は一生忘れません」

常七の言葉に、彦一は深々と頭を下げた。

「半右衛門さまがいつ戻られるかしれませんでな。飯炊きは嬢ちゃんに任せてくだせえ。くちなしの実で色づけする塩梅《あんばい》は、豊後屋さんの手でお願いしやす」

常七は温かく励ますような口調で言い添えた。

襷をかけて前垂れをした彦一は、体中から一人前の料理人といった風格が漂い出て、体まで大きく見えた。

まず、大根、牛蒡《ごぼう》、豆腐を入れたけんちん汁を作り、続いて、焼いたえその身をほぐして加えた。

「うわあ、奇麗」

くちなしの煎じ汁に米を浸して炊いたご飯は、鮮やかな黄金色に染まっていった。

「これなら父や母も満足できる味になったかと……一世一代の黄飯というわけです」

彦一は味見をしながら、満足げにうなずいた。

夕方、薄暗くなってから、半右衛門夫婦が虎屋に戻ってきた。彦一は慌てて身を隠す。夫婦ともに、言葉もなく、がっくりと肩を落としたさまに、明日葉は胸が痛くなった。

話が思わぬ方向に動いたが、果たして半右衛門に、懐かしい味だと喜んでもらえるだろうか。慰めるどころか、夫婦にさらなる悲しみを与えることになるのではないかと、急に、心配になってきた。

「夕餉をお持ちしました。昨日、和江さまからお聞きした黄飯を作ってみました」

お膳《ぜん》を半右衛門夫婦の前に置いた。彦一は襖《ふすま》が閉められた奥次の間で、息を殺している。

「まあ、ほんとに作ってくださったのですね」

和江がはずんだ声で言った。

「むむ」

角張ったいかつい顔の中で、分厚い唇だけがわずかに動いたものの、半右衛門は苦虫を嚙《か》みつぶしたような顔で押し黙っている。

「半右衛門さま、まずは黄飯から召し上がられますか？」

明日葉は心の中の動悸《どうき》を抑えながら、軽い口調で水を向けた。

「わしは黄飯など頼んでおらぬ。どうせ江戸者の料理。臼杵の名物料理と比べようもない。わしはいらぬ。他の料理を肴《さかな》に酒を呑《の》む」

半右衛門はぷいと横を向いて、常七が作った煮《に》染《し》めの鉢に箸《はし》をつけた。南瓜《かぼちゃ》と茄子《なす》の甘煮に、焼いた青唐辛子が彩りよく添えられている。

だが、食が進むはずもなかった。

「では、わたくしは黄飯をいただきましょうか」

努めて明るくふるまう和江の言葉に、明日葉は黄飯を大きめの椀《わん》によそった。けんちん汁をかけると、焼いた白身魚の香ばしい香りと、優しい出汁《だし》の匂いが周りに広がった。

半右衛門は、和江が持つ椀に、ちらりと目を向けたが、すぐに目をそらせた。

「あ〜これは！　なんということでしょう。ああ、懐かしい！　この味です。あの頃、彦一郎が作ってくれた黄飯そっくりそのままです。あなた、食べてみてくださいな」

和江の言葉を受けて、明日葉はすかさず、半右衛門のために黄飯をよそって汁をかけた。

「そんな馬鹿な」

半右衛門はひったくるようにして椀を受け取ると、黄飯を口に運んだ。

「こ、この味は……」

無骨な手が、意志の強そうな唇が、わなわなと震える。

「どういうことじゃ。この味は……まさしく彦一郎の味ではないか」

半右衛門は素早く膝《ひざ》を立てて腰を浮かせた。

「彦一郎が作ったとおっしゃるのですか」

和江は持っていた箸を取り落とした。箸が膳に当たって、思いの外大きな音を立てた。

「間違いない。この味を片時も忘れたことはない」

「で、では……この旅籠《はたご》のお勝手に彦一郎がおるとでも申されますのか」

和江も腰を浮かせ、おろおろと辺りを見回した。

半右衛門がすっくと立ち上がった。夕暮れを迎えた庭を見渡す。繋《つな》ぎの間との境の襖についた戸引手に手をやった。

豊後屋さん、早く逃げて。明日葉も慌てて立ち上がる。

そのとき、襖が静かに開いた。

「父上、お久しゅうございます」

豊後屋彦一、いや彦一郎が、敷居の手前で、神妙に手をついてお辞儀をした。

「どういうことじゃ。心配をかけおって。この親不孝ものめが。それに……その身なりはなんじゃ！　命より大切な二刀はいかがいたした」

「父上なら、必ずや、わたくしの味に気づかれると思っておりました。覚悟して参りました」

彦一郎は武家らしく、背筋をしゃんと伸ばして言った。

「彦一郎、今、どこでどのように暮らしておるのじゃ？　どうしてあの長屋を引き払《はろ》うたのです」

眉《まゆ》の辺りを寄せて、和江が矢継ぎ早に尋ねた。

「やはり包み隠さず話すべきだと決心し、ここにまいりました。実は……」

彦一郎がゆっくりと話し始めた。

「なんということじゃ。よりによって、卑しい悪所に出入りする食い物商いとは……いや、身過ぎ世過ぎのためというなら、それはまだ許せる。じゃが、こともあろうに女郎と所帯を持たんがために刀を捨てるとは、どうにも勘弁ならぬ。痩《や》せても枯れても武士の子であろうが」

半右衛門が床の間の刀掛けから大刀をつかみかけたときだった。

「ほぎゃあ」

薄暗い奥庭から赤子の泣き声がした。

すっかり日が傾いて暮れかかる中、わずかに弱々しい日差しが松の幹を染めている。その陰から、赤子を負ぶったおよしが、赤子をあやしながら、静かに姿を現した。

「およし、家で待っておれと申したに、なぜ参ったのだ」

「明日葉ちゃんがうちに来たとき、こっそり二人の話を聞いたんだよ」

「なんだと？」

「あんた、あたしがどんな女か分かってんのかい。あたしゃ、すれっからしの女郎だった女だよ。侍くずれの真っ正直なあんたが吐く嘘なんて、すっかりお見通しだよ。このあたしがすんなり騙《だま》される阿呆《あほう》だと思ってたのかい。あちこちあざを作って帰ってきたときだって、転んだって誤魔化してたけど、おおよその見当くらいついてたさ」

およしが胸のすくような啖呵《たんか》を切った。

「おんぼろ長屋を急に引き払うって言い出したときから、変だと思ってたんだ。あんたが留守の間に、臼杵からの文も見つけちまったよ」

「俺宛の文を勝手に盗み見するとは、どういう了簡《りょうけん》だ」

「あんたはあたしのことを、親に隠そうとしてるって知っちまったんだ。そりゃあ、安女郎を嫁にしたなんて恥ずかしいからねえ……あげく、中途半端に親孝行の真似事をしようなんて甘いことを考えるから、こういうことになっちまうのさ」

鋭い目をしたおよしは蓮《はす》っ葉な口調で言った。

「せめてもの親孝行がどうして悪いんだ」

「これが親孝行なのかい。あんたは甘ちゃんなんだよ。身を隠すなら隠したままにしな。名乗り出るなら、端《はな》から正々堂々としなよ」

「なんだと！　俺がどれだけ悩んだと思ってるんだ」

二人の声はどんどん大きくなっていく。赤子が火の付いたように泣き出した。元気な赤子は、耳を覆いたくなるほどの大声で泣く。

ひょいっと現れたお駒が『ちょいと黙らせなさいよ。うるさいじゃない』というように、およしの着物の裾《すそ》に前足をかけて、ちょいちょいと叩《たた》く。

「簡単なこった。あたしと別れたら済むだろ。あんた一人ならまた若党の仕事に戻れるさ。なんなら江戸に出て、親子で寺子屋でも始めるかい」

「なにを言うんだ。別れるくらいなら、父上に成敗されたほうがましだ」

二人の叫び声に、およしの背中の赤子が、反っくり返って、さらに激しく泣きわめく。

「この子が、彦一郎の子ですか」

和江が静かに庭に下りた。当然といったふうに、およしを促して、背中から赤子を下ろしてやった。

呆気《あっけ》にとられた彦一郎とおよしは、怒鳴り合いをぴたりと止めた。

「夫婦は仲良くしなければね。ほらほら、よしよし」

和江が抱くと、赤子はぴたりと泣き止んだ。

「ばばさまですよ。おお、ほんに彦一郎の赤子の頃とそっくりです。ねえ、あなた」

座敷に続く入り側に上がった和江は、ふんわりした口調で言いながら、半右衛門の手に赤子を手渡した。

「お、おお……そ、そうじゃな」

大事そうに受け取ると、半右衛門は、好々爺《こうこうや》然とした顔で赤子に微笑みかけた。強面《こわもて》で古武士のような半右衛門はもうどこにもいなかった。

赤子がきゃっきゃと笑う。

「おお、笑《わろ》うた。わしがじじと分かるのかの」

相好を崩した半右衛門の目の端には光るものがあった。

「父上のお名前を一字いただいて、半《はん》と名付けました。このおよしが、男の子だったら半吉《はんきち》、女の子ならお半にしようと申しまして……」

泣き笑いしながら、彦一郎が言った。

「なんと！　半の字をのう。おお、そうか、そうか。そのようにのう」

半右衛門が何度もうなずく。

「ともかく座ってゆっくりいたしましょう」

悠長な和江の言葉にうながされて、赤子を抱いた半右衛門が上座にゆっくりと戻り、和江が横に座した。少し離れて他の者も囲むように座る。

「はは、わしはもう侍でも何でもないのじゃ。しかも……お暇をちょうだいしたのではない。臼杵の財政はいよいよ逼迫《ひっぱく》いたし、わしはお暇をたまわったのだ。住み慣れた家屋敷もなくしてしもうた……で、お前のおる品川で一からやり直そうと思ったのじゃ。今になって考えてみれば、武士の身分にこだわって、彦一郎にはずっと無理をさせておった」

半右衛門の言葉に大きくうなずいた和江は、およしのほうに向き直った。

「好き好んで女郎になる女などおりませんよ。親のため、家族のために苦界《くがい》に身を沈めた女ばかり……およしさんとやらも、過去など気にせずともよいではありませぬか。実は……わたくしも色々ございましてねえ」

ゆったりした口調で語り始めた和江に、半右衛門が口をはさんだ。

「その話はせんでもええ。彦一郎も知らぬ話じゃ」

「だからこそ、今、話しておきたいのです」

和江は強い目で半右衛門を見た。半右衛門は一瞬、押し黙った後、決意したように口を開いた。そっと座敷から去ろうとする明日葉に、和江はかまわないといったふうに手で制した。

「若い頃、江戸詰であったときに見初めた女子《おなご》が和江であった。浪人の娘であった和江は、糊口《ここう》をしのぐため水茶屋に勤めておった」

言外に、人には言えぬ過去があったと匂わせた。

「うちは子だくさんでしてねえ。子供が少し大きくなれば、次々、商家や職人の家に奉公に出して、両親と幼い子供たちは、せっせと、提灯《ちょうちん》張りの内職に励んでおりましたが……道を逸《そ》れた長兄がたびたび無心に来るありさまで、どんどん借金がかさんで難儀いたしておりました」

浪人どころか、武家の妻女でも、困窮して密《ひそ》かに客を取ることは珍しいことではなかった。

「母上が若い頃、苦労されていたと聞いておりましたが、そこまでとは思ってもみませんでした。打ち明けていただきありがとうございます」

彦一郎は畳に頭をすりつけるようにして、和江にお辞儀をした。

「このがんぜない赤子を見て、わしは目が覚めた。主《しゅう》持ちの侍であることだけを誇りに生きてまいったが……わしが愚かじゃった。わしも今や一介の素浪人なのだからな。向後は……」

半右衛門の柔らかくなった口調を耳にしながら、明日葉は、そっと座敷を出て、帳場で店番している常七のほうに向かった。お駒が、邪魔になるほど明日葉の足元にまとわりつきながら続く。

「……ということで、めでたしめでたしってわけ」

「過去も承知で半右衛門さまは、和江さまを妻に迎えられた。もともとは、心根が優しい人だったんですよ」

「息子の彦一さんも、うわべだけ見て、お父さんを誤解していたのかな」

「まあ、赤子の笑顔《うま》が一番強かったというわけですなあ」

「なにもかも、上手い具合に転がっていって良かったね。ほんと、どうなることかとはらはらどきどきしちゃった」

「こういうところも、旅籠《はたご》稼業の醍醐味《だいごみ》ってところですなあ。だからこの旅籠渡世がやめられねえんですよ」

常七がぽろりと漏らした言葉に、明日葉は大きくうなずいた。お駒は嬰児籠《えじこ》の中に戻って、何度か中でくるくる回った後、よっこらしょと納まった。


二日後、お客をすべて送り出して、旅籠の内外の掃除も済ませた明日葉は、豊後屋の様子を見に行くことにした。今日はお駒と一緒ではなかった。

砂地に立てられた常夜灯の陰からうかがうと、この前と違い、戸がすっきり開け放たれて中の様子がよく見えた。

通りでは、赤子を背負った和江が、体をふうらふうら揺らしながら、楽しそうに鼻歌を歌っている。赤子が機嫌良くきゃっきゃと笑っている。

「父上、薪《まき》をもっとくべてください。火が弱いです」

竈《かまど》の前に陣取った半右衛門に、彦一が指図している。

「おお、そうか。なるほどのう」

身なりも髷《まげ》も町人らしい風体になった半右衛門が、くったくのない明るい声で答える。

「あんた、今日はなんの魚を仕入れてくるんだい」

およしが彦一に、裏手から大声で尋ねる。

安堵《あんど》した明日葉は、声をかけずに、そっとその場を離れた。

横町から街道筋に出た。目黒川が品川を北と南に分けている。目黒川に架かった、長さ十間、幅三間ある、境橋の手前まで来たときだった。

一人の浪人者の姿が明日葉の目に映った。

「ひっ」

明日葉は思わず悲鳴を上げそうになった。上背のあるがっしりした体軀《たいく》には見覚えがあった。

奥田徳治郎だった。さすがの明日葉も、顔も名前も忘れようがない人物である。

眉間《みけん》の大きな傷が目立った。奥田は、明日葉に気づかず通り過ぎる。

夜なら幽霊だと思うところだが、朝のまぶしい光の中である。

どういうこと？　疑問がどんどんふくらんだ。

清史郎さんは人を斬り殺してなんていなかったんだ。

派手に血が出ていたが、致命傷ではなかった。驚いた明日葉が、ただ気を失っただけの奥田を、勝手に死んだと思い込んでいただけなのだ。そう思えば辻褄《つじつま》があった。

清史郎さんは平気で人を斬って捨てる怖い人じゃなかった。明日葉は晴れ晴れした気持ちで、すがすがしい朝の気を胸一杯に吸い込んだ。

第五話　茄子《なす》の揚げ煮

好事魔多しという。徳左衛門がまだ帰らないというのに、一大事が持ち上がった。

「五日以内に虎屋を明け渡してくんな」

土砂降りの中、戸口から踏み込んできた布袋屋の主人平蔵は、開口一番言い放った。

「え？」

「どういうことでしょうかな」

帳場にいた明日葉と常七は腰を浮かせた。火鉢の猫板の上で寝ていたお駒も、ついっと顔を上げる。平蔵が上がり框《がまち》にどんと腰を下ろした。

「これを見てくんな」

一の子分の助六が、懐から取り出した紙を二人の目の前に突き出した。

「そ、それは……」

常七が絶句した。十年前、虎屋が『川一』の文平《ぶんぺい》から二十両借り入れたと記された、借用証文だった。

「常七さん、川一さんに借金があったなんて本当？」

「それはまあ……間違いありやせんが……」

常七は、目を泳がせながら言葉を濁した。

「よ、よく見せて」

目の前に突き出された証文をじっと見たが、確かに徳左衛門特有の癖のある字で記されていた。助六がどうだといった顔でいかつい顎《あご》をしゃくった。

「で、でも、期限が書かれてないじゃない」

心ノ臓が早鐘を打ち、足ががたがた震える。途切れ途切れに反論するのが精一杯だった。お駒が低く唸《うな》りながら、尻尾《しっぽ》をばんばん床に叩《たた》きつける。

「期限が記されてねえってことは、今すぐ返せってえこった。けどよ、今すぐとは言わねえ。五日待ってやるから、それまでに金を返せ。さもなきゃ旅籠を明け渡すんだな」

平蔵に代わって助六が、三白眼の目ですごんだ。

「ま、そういうこってえ」

平蔵は肩を揺らせながら、暖簾《のれん》をくぐって出ていこうとする。

「ま、待って！」

「待ってくだせえ。五日のうちになんて無茶だ。二十両のために旅籠の身代をそっくり渡すなんておかしいじゃねえですかい」

明日葉と常七の言葉を無視して、平蔵が街道筋に足を踏み出した。鬼平が、すかさず、平蔵に大きな番傘を差しかけた。

最後に残った助六が、背の低い明日葉を見下ろしながら、物騒な脅しを口にした。

「返せなきゃ、こんな貧相な旅籠、打ち壊してやらあ」

「そんな無茶な」

唇を震わせる明日葉に、助六が追い打ちをかける。

「今までみてえに、若に加勢を頼もうたって、今度ばかりは無理だぜ。昨日旅に出て、当分、戻ってこねえからな」

「えっ、急にどこへ？」

「行き先は明かせねえな。親分の指図で行きなすったからなあ。あいにくだったな」

言いながら助六は通りに出ていった。戸口で待っていた若い子分が、助六に傘を差しかけた。

平蔵一行が立ち去った旅籠の内は、しんと静かになった。街道の喧噪《けんそう》も激しい雨音も急に遠く感じられた。

肩を落とした常七は、その場にぺたんとへたり込んだ。小柄な体が一回りも二回りも小さくなって見えた。下ろした揚げ戸を雨が激しく叩く。戸口から、粘土で塗り固められた黒い土間に、雨飛沫《しぶき》が吹き込んでくる。雷の音が地響きのように響いてきた。

「常七さん、どういうことなの？　どうしてあんな証文があったの？」

明日葉は常七に詰め寄った。お駒が、慰めるように常七の脇に寄り添う。

「証文は間違いありやせん。文平さんに金を借りたのも本当です。文平さんは火事の見舞いとおっしゃったんですがね。そんな大金の見舞いなんて受け取れない。必ず返す、証文も書くって言い張ったのは旦那《だんな》さんなんですよ。旦那さんの真っ正直さが、今となっては仇《あだ》になったんですなあ」

「そういや、この前、大火のときの話になって、おとっつぁんから、ちらりと聞いたことがあったっけ」

「詳しい話をするとですな……」

帳場格子の内に戻った常七は、煙草盆を引き寄せて煙管《キセル》に煙草の葉を詰めながら、ゆっくりとした口調で語り始めた。

文平の家に、珍しい牡《おす》の三毛猫が生まれた。お駒のような三毛の牝《めす》はそれなりにいるが、牡は滅多《めった》なことでは生まれない。文平は、三毛蔵と名付けて、ことのほかだいじに育て、海晏寺門前町の街道筋で営んでいた料理茶屋の看板猫にして、誰彼問わず自慢していた。

店先に置かれた、猫用の籠《かご》には縮緬《ちりめん》の布団が敷かれ、三毛蔵は、紅絹《もみ》で作られた美麗な紐《ひも》でつながれていた。愛想の良い猫で、三毛蔵目当てに来る客が大勢いた。福の神だと、舐《な》めんばかりに可愛がっていたのだが……。

ある日、何者かの手によって、紐がぷっつりと切られ、さらわれてしまった。

「徳左衛門親分、三毛蔵を探してくだせえ。あいつは、かかあや息子よりもだいじな猫なんでえ」

泡を食った文平は、徳左衛門に探索してくれるよう訴えた。周りには、『見つけた者には二十両の賞金を出す』と触れ回った。

「そりゃてえへんだ。わしに任せときねえ」

徳左衛門は二つ返事で胸を叩いた。珍しい牡の三毛なので、高値で密《ひそ》かに買い取る好事家もいた。盗人《ぬすっと》の探索は目明かしの仕事である。大の猫好きとしても放ってはおけない。

徳左衛門は旅籠《はたご》仕事を放り出し、南北品川宿から、歩行新宿、さらには高輪まで、しらみつぶしに探り歩いて、ついに三毛蔵を見つけ出すことができた。

灯台もと暗し。盗んだのは、虎屋からほど近い、南品川猟師町に住む漁師の、十二歳の息子だった。

牡の三毛猫は縁起が良いとされている。誰かから、三毛猫の牡を船に乗せると危難に遭わないと聞いた少年が、親のためにさらったのだという。

拾ったという言葉を真に受けていた父親は、毎日、三毛蔵を、自分が操る、小型の平田船《ひらたぶね》に乗せて漁に出ていた。

漁師は気が荒い。孝行息子が盗人呼ばわりされたと、父親はいきり立った。

「なかなか返してくれなくて、最後にゃ、旦那さんが親父に『息子を盗人としてしょっぴく』って、十手をちらつかせたとかどうとか……詳しくは知りませんが、かなりもめていたような……で、まあ、旦那さんのあのお人柄だから、結局、笑い話になって、丸く収まったわけですがね」

「それで？」

「旦那さんは、人に喜んでもらえればそれで良いってお人だ。賞金どころか、心付け程度の寸志も受け取らなかったんですよ。で……ほどなくあの大火で虎屋は丸焼け。文平さんが、見舞金として大枚二十両をくだすったってわけですよ」

「川一さんも太っ腹だねえ」

十両あれば、一家四人で一年暮らせる。つつましやかに暮らす者たちにとって、二十両は大金だった。

「旦那さんは証文を作って、無理矢理、文平さんに渡したんですよ。文平さんも、旦那さんの顔を立てるつもりで『あるとき払いの催促なし』ってことで受け取ってくれたんですがね」

「生一本なおとっつぁんらしい話だよねえ」

「その後、旦那さんは少しずつ返そうとなさったんですが、文平さんのほうも、どうあっても受け取らなくってねえ。お互い、意地になって、証文は蔵にしまわれたままだったようですよ。文平さんは五年ほど前、急な病で亡くなったので、証文を処分しないままだったんでしょうなあ。旦那さんとの経緯《いきさつ》は二代目も承知しているものだと思っていたんですけどねえ」

「なら、証文がどうして平蔵なんかの手に渡ったのかな」

「証文を二束三文で売ったんでしょうなあ。近頃じゃ、川一は、かなり左前という噂もありますからなあ。人は窮すると変わりますよ」

「でも、お駒ちゃんを探しているとき、川一のご主人に会ったら、商いを楽しんでいるふうで、暮らしに困っているようには見えなかったよ」

お駒がそうだというように、「にゃっ」と鳴いた。

「それにしても、二十両のために、この虎屋を明け渡すなんて馬鹿げてるよ」

「とはいえ、二十両といえば、うちにとっちゃ、とんでもねえ大金ですからなあ」

「平蔵は、おとっつぁんが留守なのを良いことに、ねじ込んで来たんだろうね」

「旦那さんがいても、払えねえのは同じですけど、向こうもここまで強気で来られなかったでしょうなあ」

常七は深いため息を吐いた後、煙草盆にこんと灰を落とした。

「どこかから借りるっていうのは？」

「そんな当てはないですしねえ」

話は堂々巡りするしかなかった。清史郎がいれば、徳左衛門が戻るまで待ってほしいと取りなしてもらうこともできたろうが……。

「町代《ちょうだい》さんとか問屋場《といやば》のお役人さんとか……自身番《じしんばん》に相談ってのは？」

「証文があるんだから、それだって望み薄ですなあ」

二人してため息を吐いた。『まあ、落ち着いて』と言ったふうに、お駒が、口の中が丸見えになるほど大きなあくびをした。上あごの奥のまだら模様すら愛《いと》おしく、乱れた心が丸くなっていく。

「まあ、慌てずゆっくり考えようよ」

旅籠の仕事は休みがないから、いつものように、仕事を淡々とこなしていくしかない。常七は帳場机で書き物を始めた。

いつの間にか土砂降りの雨は止んで、薄日が差していた。閉じていた揚げ戸を上げてから、旅籠の前の掃除を始めた。動いていれば気が紛れた。

街道はいつも大勢の種々雑多な人々が行き交っている。人の行き来が多ければ塵《ちり》が出る。

紙にしろ草鞋《わらじ》にしろ、使い古しを集める仕事の人がいて、塵として捨てられることはないが、食べながら歩いた団子の串《くし》やら、林檎《りんご》の芯《しん》や蜜柑《みかん》の皮、その他わけの分からない残骸《ざんがい》が落ちていた。

犬の放し飼いが多く、野良犬がたくさんいるので、『多いものは伊勢屋、稲荷《いなり》に犬の糞《くそ》』と言われるお江戸と同じく、油断すれば、犬の糞《ふん》を踏みつけてしまう。牛馬の糞は肥料に使われるため回収されるが、犬はそのままだった。

幸い、今日は、先程の激しい雨に流されて、犬の糞もなく、吹きだまりに集まった枯れ葉などを掃除する程度で終わった。

戻ろうとしてふと顔を上げたとき、街道をはさんだ向かい側から、虎屋の店先をうかがっている川一の姿が見えた。過日、孫八こと孫八郎が布袋屋を見張っていた細路地だった。饅頭《まんじゅう》屋の伊勢屋と茶屋の十ノ字の間……そこからなら布袋屋と虎屋が、ちょうどよく見えるらしかった。

「川一さん」

明日葉は庭箒《にわぼうき》やちりとりを放り出すと、川一に走り寄った。川一は思わず逃げ出しそうになったが、観念したように立ち止まった。

「あ、あの……」

口をぱくぱくさせる。

「う、うちに……来てください」

明日葉もそう言うのが精一杯だった。

「は、はい」

先日の威勢の良さはどこへやら、川一もしどろもどろで顔も青い。

「川一のご主人、まあ入っておくんなせえよ」

揚げ戸から顔を出していた常七にうながされて、川一は店庭におずおずと足を踏み入れた。

「文平さん、こちらに上がってくだせえ」

常七の言葉に、川一は、ぬかるみで汚れた足を、首にかけていた自分の手拭《てぬぐ》いで拭《ふ》き、のろのろとした動きで、店の間に上がった。肩をすぼめて帳場の前に座る。

文平って……？　文平の名を継いで、息子も文平という名だと、明日葉は、今になって知った。

嬰児籠《えじこ》の中で寝ていたお駒が、いかにもうさんくさそうな顔で、肩を落とした文平を見上げた。ゆっくり伸びをしてから、籠《かご》を出て文平の汗臭い臭いを念入りに嗅《か》いだ後、ふんというように顔をそむけた。

どういうことですかと、文句を言いたい気持ちを抑えながら、明日葉はお茶を淹《い》れて文平に勧めた。

「助六さんが無理矢理、証文を持っていったもんで……その……気になって様子を見に来たんです」

文平は突然、がばりと平身低頭した。

「すまねえ。俺の女房がおしゃべりなばっかりに……あの証文を見つけたとき、すぐここへ返しにくりゃあ、こんなことには……」

「文平さん、落ち着いてしゃべっておくんなさいよ」

常七がゆっくりと煙管《キセル》に煙草を詰め始めた。しどろもどろな文平を、お駒が横目でにらんでいる。

「つ、つまり……」

文平はお茶を一口飲んでから話の続きを始めた。

「横町に移ってからも、家主さんの厚意で、前の家の蔵だけ、そのまま借りていたんでえ。親父が亡くなって五年経つし、いくらなんでも明け渡さねえといけなくなったもんでね。金目の物は売り尽くして、残っているのは、がらくたばかりだったんだがよ。捨てられねえ思い出深い品が多くってよ。けど、今の家は蔵どころか、家だって狭いから入り切らないし、ともかく思い切って、誰かにやったり、捨てたりしてたんだ」

「ふむふむ、それで……」

肝心のところになかなか進まない話に、常七は、煙草の煙を吐き出しながら気長につきあっている。

常七の顔の前にできる煙の輪を、お駒がじっと見詰める。子猫の頃なら、捕まえようと飛びかかって大騒ぎしていたろう。

「古い手文庫の中から、親父が若え頃、女郎からもらった恋文がたくさん出てきてねえ。そりゃあ、あの頃は羽振りが良かったから、親父はよく遊んでいてねえ。ひところは、相模屋の板頭なんぞに心底、惚《ほ》れられたこともあったっけ。俺のおふくろだって、そんなことで騒ぐような野暮じゃなかったんだが、いつだったかなあ……」

肝心の話を言い出しにくいらしく、ひどく回りくどい。

「で、あの証文がでてきたというわけ《わけ》ですな」

さすがにしびれを切らした常七が、話をぶった切った。

「そ、そういうこってえ」

「証文にまつわる経緯《いきさつ》は知らなかったんですか」

明日葉もにじり寄って口をはさんだ。

「すぐにはぴんと来なくってよ。この証文はなんだろうって、女房と話したんだ」

明日葉はお駒と顔を見合わせた。

「女房と話すうちに、ようやく徳左衛門さんと親父との経緯を思い出してねえ。親父の気持ちを思えば、証文は焼いちまおうって思ったんだが、やっぱり徳左衛門さんに返したほうがいいかなと……」

文平は、証文を返して、代わりに、なにがしかの礼をもらおうと考えたのだろう。

「けどよ、女房は、『親は親、子は子だ、子の代になったのだから、証文通りにきっちり返してもらいな』なんて言い出してよ」

「なるほど」

「まあ、俺は親父の気持ちをだいじにしなきゃと……」

文平はあくまで歯切れが悪かった。

「平蔵親分は、あの証文のことをどうして知ったんですか」

「女房が、井戸端会議で、その話をぺらぺらしゃべっちまったんだ。その中に、助六さんのイロが混じってたってわけでえ。女房も、三味線の師匠ってだけで、助六さんとつながってるなんて、てんで知らなかったんだが、今日になって、平蔵親分の名代で、助六さんがいきなりやってきてね。『証文を売れ、売らないと品川で商売ができねえようにしてやる』なんて脅されやしてねえ。ほんの二分で買い叩《たた》かれちまったんですよ……何とも面目ねえ」

「それはまあ、相手が相手だから、仕方ないですなあ」

常七もため息をつきながら、そういうしかなかった。

「文平さんのせいじゃないし、気にしないでください」

明日葉は明るく笑ってみせた。お駒は、尻尾《しっぽ》をびたんびたんさせながら、文平をにらんでいる。

「じゃあ、あっしはこれでけえりやす」

叱られた子供のように肩をすぼめながら、文平はすごすご帰っていった。

静かになった店の間に、潮の匂いがする風が吹き込んできた。明日葉は大火鉢の灰を火箸《ひばし》でつつきながら、大きなため息をついた。灰の中に埋《い》けてあった炭もおおかた灰になっているようだった。

「おとっつぁんは当分、戻りそうもないしねえ」

尾張まで、片道で九日はかかる。とんぼ返りしても十八日。尾張について、あちこち食材を探し回るのだから、いくら早くても二十日はかかるだろう。出立した日が五日なので、二十五日に戻ればよいほうだった。留守の間に、助六たち子分が打ち壊しにやってきたら、徳左衛門が帰ってきても、もはやどうにもならない。不安は募るばかりだった。

夕暮れ間近になって、裏の畑で草抜きと京菜の間引きをしていると、花里のよく通る美声が聞こえてきた。

「また来たよ」

あれ以来、花里は、稼業の合間に、裏手からこっそりやってくるようになっていた。

お駒も、どうして気づくのか、嬰児籠の中でぐっすり眠っていても、ちゃんと畑まで出迎えにいく。今日も、お駒がのっそりと姿を現し、しゃがんだ花里の足の辺りにすりすりしてきた。

「ほんとお駒ちゃんって可愛いよね。ね、お駒ちゃ〜ん。お駒ちゃんは、わっちのこと大好きなんだよねえ〜」

花里は猫なで声で話しかけながら、お駒を抱き上げて頬擦りし始めた。お駒がまんざらでもない顔で、ごろごろ喉《のど》を鳴らしてみせる。

「あたしには滅多《めった》に抱かせてくれないのに……」

「あんたを自分の子分だと思って舐《な》めてるんだよ。わっちはお客さんだからさ、愛想よくしてくれるのさ。そういうところが、わっちにゃちょっと寂しいけどね」

花里がしたり顔で言った。

「そんなものかな」

明日葉は首をかしげたが、なんとなく嬉《うれ》しい気持ちになった。

「ところでさあ、あんたんち、大変なんだってね」

花里はお駒をなで回しながら、ついでのように言った。

「知ってたの？」

「そりゃあ、どうしたって耳に入ってくるさ。助六の奴が大声で、証文がどうの、虎屋の借金がどうのって言ってたな。詳しい話までは分からないから、あんたに直《じか》に聞こうと思ってね」

「実は川一の文平って主人が……」

明日葉は詳しい経緯を、息が上がるほど一気に語った。

「わっちはあんたんちがどうなろうとかまやしないけど、あんたらがこの旅籠《はたご》から追い出されたら、せっかくお駒ちゃんと仲良くなれたのに、もう会えなくなっちまうじゃないか。うちの見世は猫が御法度だから、わっちがあんたに代わってお駒ちゃんを飼うわけにもいかないしね」

言い草は憎らしいが、花里と明日葉の利害は一致していた。

「父《てて》さまの泣きどころというか、父さまに刃向かえる人っていえば、若しかいないんだけどさあ」

「なのに、どこかへ旅に出て留守なんでしょ？」

「急に出立したもんで、わっちも行き先を知らないんだよ」

「そうなんだ」

落胆した明日葉に、花里は大きくうなずいた。

「この花里姐《ねえ》さんが調べてやるよ。父さまの子分衆も、板頭を張ってるわっちにゃ甘いんだ。子分の中にゃ口が軽い奴もいるから、鎌を掛けて上手《うま》く聞き出してみるさ。任せときな。だてに女郎を何年もやってないんだからさ」

「ありがとう。なんとか清史郎さんを呼び戻せればいいんだけど……」

花里に何度も頭を下げたものの……。


その後、花里は一度も姿を見せぬまま、いよいよ明日《あした》が期限という日の朝となった。

北品川宿の名主宇田川兵三郎《うだがわへいざぶろう》にも相談にいったが、証文がある以上、どうにもならないとつれなかった。おいそれと大金を貸してくれる者もいない。

明日葉はなにも手に付かなかった。常七はいつも通り、ひょうひょうとして見えるが、内心はおろおろしているに違いなかった。煙草の量もますます増えている。

「虎屋さん、お客さまをお願いしたいのですが、よろしく頼みますよ」

品川寺門前町屋《ほんせんじ》にある料理茶屋『武蔵屋《むさしや》』の女将《おかみ》が、駕籠《かご》を仕立ててやってきた。

「へいへい、左様で。ありがとうございます」

帳場に座っていた常七が立ち上がって、いつも通り愛想良く迎える。

「京へ上られる、深川の料亭『平瀬《ひらせ》』のご隠居平井瀬兵衛《ひらいせべえ》さま主従とそのお見送りのご一行、皆で十二名さまなんですけどね」

朝から武蔵屋で、送別の宴《うたげ》が催されていたが、いざ出立となってから急に、品川に一泊することになったという。

「瀬兵衛さまが猫好きなものでね。それならば……と、虎屋さんをご紹介したしだいですよ。お部屋は空いていますよねえ」

「はい」

明日葉は元気よく答えた。

「もちろん空いてございますよ。それは、それはありがたいことです」

暗くなっていた常七の顔も輝き、声も弾む。

「ご案内は日が暮れてからになります。うちでゆっくりされてからですから、虎屋さんでは、酒肴《さけさかな》を少しと軽い夜食を用意してもらうだけで良いですからね」

女将は言うだけ言うと、さっさと帰っていった。

「お客さまが名高い料亭の人たちなだけに、肴もちゃんと考えなきゃね」

このお客さまが虎屋の最後のお客さまになる。だから、精一杯、おもてなししたい。明日葉と常七の思いは同じだった。

夜五つを過ぎた頃、女将や茶屋の者たちの案内で、ほろ酔いの一行が駕籠を連ねてやってきた。

「ご厄介になりますよ。よろしくお願いいたします」

明日葉や常七に向かって、平井瀬兵衛自ら、丁寧に頭《こうべ》を垂れる姿が、逆に大物の貫禄《かんろく》を感じさせた。

瀬兵衛は痩《や》せて、鶴を思わせる老人で、瞼《まぶた》が垂れ下がっているせいか、表情まで鈍いように感じられたが、瞳《ひとみ》は鋭い光をたたえていた。息子瀬《せ》三郎《さぶろう》は、精悍《せいかん》で鯔背《いなせ》。今を盛りの料理人といったふうである。従えてきた番頭や料理人たちの物腰から、瀬兵衛親子への畏敬《いけい》と敬愛の情が感じられた。

「宴の続きを始めますから、酒と肴を十二分にお願いしますよ。お金に糸目はつけませんからね」

瀬三郎が、上等そうな雪駄《せった》を脱ぎながら、上機嫌で言ったときだった。

小さな鳴き声が聞こえた。上がり框《がまち》に腰を下ろした瀬兵衛の胸元から、ほやほやっとした毛並みの子猫が顔を出している。

「あらっ。可愛い！」

明日葉は思わず、とんきょうな声を上げた。

「この子はねえ。お駒というのですよ」

瀬兵衛はたちまち目尻《めじり》をだらりと下げて、にんまり笑った。半ばつぶっているように見えた目に、急に生気が宿った。

「ええっ。お駒ちゃんというお名前なんですか。うちの猫もお駒っていうんですよ」

嬉しくなった明日葉は、早速、お駒と引き合わせようと辺りを見回したが、あいにくお駒の姿はなかった。

「うちのお駒は今、どこかで昼寝、いえ、夕寝をしていると思います。見かけたらお駒ちゃん同士、対面させてみましょう」

明日葉の言葉も弾む。

「まだ乳離れしてすぐくらいじゃないですか」

瀬兵衛の胸元に顔を寄せた。あくまで子猫を驚かせないように用心しながら……。

「みゅうみゅう」

「この子はちと小柄ですが、生まれてもう二ヶ月。大人と同じような物を食べることができるんですよ」

瀬兵衛の目が輝きを増し、口調にも力が入ってくる。

「さ、さ、皆さん、お部屋にどうぞ。奥の四つの部屋の襖《ふすま》を外して、入り側の六畳を含めて三十畳の大広間にしてございます」

常七の言葉で、一行は、奥座敷、奥次の間、繋《つな》ぎの間、繋ぎ次の間の建具を取り払って作った大広間へぞろぞろ向かった。皆、ほろ酔いで上機嫌である。

虎屋の一階のそこここで、早々に灯を入れられた掛け行灯《あんどん》がまたたく。

「父はこのたび隠居して、生まれ故郷の京伏見《ふしみ》に戻るのですよ」

瀬三郎が、親しげに声をかけてきた。

「伏見ですか。お酒で名高いところですね」

伏見は、京とは街道や高瀬《たかせ》川で結ばれ、伏見宿、伏見港として栄えていた。

「江戸で隠居してくれたほうが、わたくしどもも安心で良いのですけどね。歳を取ると、人はやはり生まれ育った故郷に帰りたいものなのですかねえ」

「は、はあ」

明日葉はあいまいに答えるしかなかった。明日葉は生まれも育ちも品川で、一歩も外に出たことがなかった。

　だが、出たいと思ったことは一度たりともなかった。いつか他所《よそ》で暮らすことがあっても、きっとこの光あふれる海に抱かれた品川に戻ってきたくなるだろうと思えた。

「父には、気の利いた料理人を一人同行させますし、伏見でも、下男一人下女二人を雇い入れる手配が済ませてありますから、なんの心配もないんですがねえ」

　言いながら瀬三郎は、上座に座った瀬兵衛の脇に座した。さすがに名のある料亭の主《あるじ》親子は、物腰が柔らかで品があると、明日葉は感心した。

　瀬兵衛は子猫を大事そうに抱いている。首輪は緋色《ひいろ》の鹿《か》の子縮緬《ちりめん》で、瀬兵衛は紐《ひも》の端をしっかと掌《てのひら》に巻き付けていた。

　いつの間にやってきたのか、お駒が、しゃなりしゃなりと優雅な足取りで、大広間に姿を見せた。

「おお、よしよし、おまえさんがお駒ちゃんだね。おいでなされ」

　瀬兵衛がお駒に手を差し伸べ、お駒は指先の匂いを念入りにかいだ後、瀬兵衛の手に頭をすりつけて挨拶《あいさつ》した。

　瀬兵衛が抱く子猫が、丸い目をさらに丸くしながら、お駒をじっと見詰めている。

お駒が瀬兵衛の膝《ひざ》に前足をかけて、子猫に顔を寄せた。鼻をくっつけ合うように、大小のお駒が匂いを嗅《か》ぎ合う。緊張していた子猫が『みゅっ』と、幼い声で鳴いた。お駒が子猫の小さな頭を優しくひと舐《な》めし、子猫が甘えるような声で応《こた》えた。

息を詰めて、二匹の様子を見詰めていた瀬兵衛が、

「これは驚きました。いや、実はね……お駒はこんな小さいのに、向こう意気が強い子でねえ。大きな猫にまで喧嘩《けんか》を売るので困っていたのですよ。よほど相性が良いのですかな。こんなことは初めてのことですよ」

言いながら瀬兵衛は、大事な宝物でも置くように、ほやほやした毛並みの子猫を畳の上にそっと下ろした。付けていた長い紐をはずすと、子猫がお駒のほうにそろそろと近づく。

「同じ名前っていうのも奇遇ですね。しかも模様までそっくりな三毛猫というのも、なにかの縁。この宿に泊まってほんとうに良かったですよ」

お駒はくたっと力を抜いて横になった。好奇心いっぱいといった目をした子猫が、お駒の周りをくるくる回りながら、ちょっかいを出そうとうかがっている。

お駒が貫禄をみせて子猫を舐めてやる。まだおっかなびっくりだった子猫が、ちょいちょいっと、小さな手でちょっかいを出し始めた。

子猫がお駒にじゃれついて、お駒が上手に相手をしてやる。子猫は大興奮して、どたんばたんと小さな体で大暴れし始めた。

「おやおや、お駒は楽しそうだねえ。やはり猫は猫同士遊ぶのが一番のようですな」

目の下のたるみが目立つ瀬兵衛は、細い目を、なくなりそうなほど細めた。

子猫が、体の側面をお駒に向けて一人前に威嚇してみせながら、ぴょんぴょん飛び跳ねてお駒を挑発する。

「うわ～、たまりませんねえ。お駒だってこんな子猫の時代があったんでしょうけど、あたしが物心ついた頃にはもう大人だったんです。たまに近所の猫が子猫を連れてくることもあるんですけど、子猫をゆっくり楽しむ機会がなかなかなくって……」

明日葉も、猫の話になると、急に饒舌《じょうぜつ》になってしゃべりまくった。瀬兵衛は黙って、大小のお駒がたわむれるさまに見入っている。

子猫が息切れし、お駒への挑戦は小休止になった。

「お駒とは……この品川でお別れなんですよ。けど……どうにも別れが辛《つら》くってねえ。出立を一日延ばしたのですよ」

瀬兵衛は心の抑揚を抑えるように、途切れ途切れに語った。

「ええっ！　伏見へ連れて帰られるのではないのですか」

「わたしはねえ。もう七十六歳なんですよ。この子が今から十五年、二十年生きるとすれば、わたしのほうが先に逝ってしまうことになります……そう思うと、瀬三郎夫婦のところに残すほうが良いと思いましてね」

「父が江戸で暮らせば、お駒とも別れずに済むと言ったのですがねえ」

瀬三郎がいかにも残念そうに口をはさんだ。

「昨年、長年連れ添った糟糠《そうこう》の妻を亡くしたばかりでしてね」

瀬兵衛は、明日葉が注いだお茶で喉《のど》を湿しながら、思いを吐き出すように言葉を続けた。

「わたしはねえ、生まれ育ちは伏見だが、料理人としての人生は江戸から始まったんですよ」

瀬兵衛は十六歳で江戸に出て、料理茶屋で下働きしていたとき、売れっ妓芸者《こ》だった妻お茂《しげ》と知り合った。紆余《うよ》曲折あって、二十歳のとき、四つ年上のお茂と所帯を持つことができた。寿司《すし》の屋台を始めてみたが喰《く》うや食わずで、お茂は三味線の師匠の仕事と掛け持ちで支えてくれた。その甲斐《かい》あって、横町で小体《こてい》な煮売り酒屋を出せた。その後は、味が評判になって繁盛し、表通りにこぢんまりした店を構えることができた。二人して必死に店を切り盛りするうちに、隣の家屋を買い取って店を広げ、料理人や女中を雇えるようになり、さらに二人して死にものぐるいで働いたおかげで、今日にいたった……という。

「お茂という女と巡り逢《あ》ったのも江戸。二人して苦労の末に、今の店を持てたのも……すべて江戸です。なにもかもがお茂につながる、思い出深い江戸で暮らすのが、どうもその……老いた身には辛すぎましてねえ。お茂が身に付けていた着物や櫛《くし》、ゆとりができるに従って、ぼつぼつ買いそろえていった古い箪笥《たんす》や鏡台に衣桁《いこう》……丹誠こめて二人で育てていた盆栽や庭の花々に、池の鯉……家の中のありとあらゆるものが、すべてお茂を思い出させるものばかりでねえ。いつも寄り添って生きてきたのに、そこにお茂だけいないことがどうにも納得できませんでねえ。長年、住み慣れた家に住み続けることができなくなってしまったんですよ」

瀬兵衛は声を詰まらせた。はれぼったいまぶたが潤み、透明な水滴が瞬《まばた》きと一緒にはじき出された。瀬三郎をはじめ、店の者たちもうつむく。

「すっかり、しんみりしてしまいましたねえ。呑《の》み直してぱっといきましょうよ」

瀬三郎の言葉に、明日葉は台所に戻った。

台所では、常七が膳《ぜん》に載せた器に盛り付けをしている最中だった。

「深川の名高い料亭『平瀬』のご一行ってえのは、わしも、ちっとばかし緊張しますなあ。夕餉《ゆうげ》の膳じゃなくて、酒と肴《さかな》だけなので良かったですがな」

「旅籠《はたご》は料亭や料理茶屋じゃないから、凝った料理が出るとは、誰も思ってないだろうけど……でも、肩に力が入ってしまうよねえ」

常七は自負があるだけに、滅多《めった》な料理は出せないと思っているらしかった。女将《おかみ》が頼みに来てから、大急ぎで、南品川猟師町のおとよの家まで、活《い》きの良い魚を調達しに出かけた。裏の畑では、出来の良い野菜をさらに入念に吟味して収穫し、一行を迎える準備をしていた。

「どれも、美味《おい》しそう。常七さんって、こんな見栄えの良い料理も作れたんだね」

「そりゃあどうも」

常七がふざけた身振りで、大げさに頭を下げた。

「もっと良い器がありゃあいいんですがねえ」

言いながら、手際よく盛り付けていく。見慣れない食器は、虎屋が盛んだった頃に使っていた器や皿で、蔵からわざわざ出してきた品々だった。

張り切って立ち働いたせいか、常七の顔には疲れの色があった。もともと皺《しわ》が多い顔なのに、さらにその皺が深くなり、目の下に隈《くま》ができている。

「常七さんでも緊張するなんてことがあるんだね」

「そりゃまあ、かの有名な瀬兵衛さんに食べていただくのですからね。瀬兵衛さんはわしが修業していた頃、もう超一流の料理人でしてね。声もかけられない、雲の上のお人だったんですよ」

「でもさあ、すごい料理人だって、家に帰れば、おかみさんの手料理を楽しむっていうじゃない。こんな旅籠で凝った料理が出るなんて期待しているわけないし」

「そりゃあ、分かってますがねえ。やはりねえ……それにもう二度と江戸には戻ってこられねえだろうから、お江戸で食べる最後の夕餉だ。伏見じゃ、江戸前のように新鮮な海の幸はもう口に入らないとなれば、やはり、力を入れて作らなきゃ」

常七は骨と筋だけの腕をまくってみせた。

「それに……まあ、今夜ばかりは、ぱっと派手にいこうと思いましてね」

これが虎屋にとって、お客さまにお膳を出す最後の夜になるかもしれないものねと言いかけて明日葉は口をつぐんだ。口にはせずとも、明日葉も常七も考えることは同じだろう。

水無月《みなづき》豆腐の上に、生うにと小豆《あずき》、じゅんさい、わさびを彩りよく盛り付ける。

向付《むこうづけ》三菜として、鯛《たい》、縞《しま》あじ、車海老《くるまえび》を、それぞれ緑の葉の上に載せた。

鱧《はも》の湯引きには梅肉、そして、裏の畑で摘んできた花付き胡瓜《きゅうり》をあしらった。

すずきの生うに挟み焼きは、見た目も香りも香ばしい。

蛸《たこ》の柔らか煮には冬瓜《とうがん》、湯葉、焼き唐辛子、針生姜を添えた。

「旅籠の田舎料理で、お口に合わねえかもしれやせんが……」

常七が瀬兵衛の前に膳を置いた。明日葉も皆の前に膳を置いていく。

「おお、これはいいや。見た目だけでも味がわかるってえもんでえ。たいしたもんだ。爺《じい》さんが作ったのかい」

「恐れ入りやす」

いかにも手練《てだ》れの料理人らしい男と常七との間で、料理談義が始まった。

「季節を先取りした水無月豆腐とは憎いねえ。さりげないようで、手間がかかってらあ」

水無月豆腐は枝豆で作った豆腐だった。

「へえ、うちの畑は日当たりが良くて、枝豆が早々と採れたもので、初物をと思いやしてね」

「喉ごしが良いねえ。この滑らかさを出すにゃ、大変だったろ」

瀬兵衛の鶴の一声に、常七の渋紙《しぶがみ》色の頬が赤らんだ。

「だんだんと腕の力が弱るもんで、若い頃のようにはめえりません。お口汚しで恐れ入ります」

「刺身も鮮やかな切り口ですねえ。それにしても、同じ江戸前といっても、ここから江戸に着くまでに鮮度が落ちますからねえ。特にこれから暑くなるといけませんなあ」

瀬三郎が向付として出された刺身を口にしながら、大きくうなずいた。

楽しげに宴《うたげ》が盛り上がっていく。

ひと当たり箸《はし》をつけた後、瀬兵衛は、二匹のお駒が遊ぶさまに目を細めながら、上機嫌で話し始めた。

「瀬三郎もやっと料理人として一人前になりましたからねえ。ようやく安心して平瀬を任せる気になれたのですよ」

瀬兵衛の言葉を、瀬三郎が誇らしげに受けた。

「わたくしは父が三十二歳のときの子でした。二人いた兄は早世したため、父も焦りがあったのでしょう。普通、奉公に出されるなら、十一、十二歳からですのに、わたくしはなんと九歳から、扇亭《おうぎてい》の板場の追い回しのそのまた手伝いとして修業に出されました。今でこそ大柄なわたくしですが、その頃はずいぶん、小柄で貧弱な体つきでしてねえ。そりゃあ、下っ端の追い回しにまで殴られたり蹴《け》られたり、いじめられました。二十三歳のとき、店に戻ってきましたが、他の料理人より、格段、厳しく鍛えられ、またも死ぬ思いで努力いたしました。父に認められる腕前になるまでが大変で……四十四歳になった今ようやく、瀬兵衛の名を継げることになりました。これからは瀬兵衛の名を汚さぬよう、料理人としてさらに精進してまいりたいと思っております」

瀬三郎の力強い決意に、周りにいた料理人らから、同意と賞賛のどよめきが上がった。男たちの目は、瀬三郎への敬意に満ちていた。瀬三郎の派手派手しい顔が、きりっとして、一段と男前に見えてくる。

「こう申しては親馬鹿になりますが、わたしの自慢の息子ですよ。必ずや、この平瀬を、さらにさらに、大きくしてくれると信じておるのです」

瀬兵衛が大きくうなずく。語尾は温かな感情に満ちていた。

何度も酒のお代わりを運んでいるうちに、ある者は酔いつぶれ、ある者は陽気に騒いで、無礼講といったありさまになった。

常七の料理は余さず平らげられていた。ほんわり嬉《うれ》しい気持ちで、空いた器を片付けていると……。

突如、上座で騒ぎが始まった。

「瀬三郎、お駒をおめえに託すのにゃ、先《せん》から不安なんでえ」

瀬兵衛は先程の上品で好々爺《こうこうや》とした言葉遣いから、険のある、乱暴な物言いに変じていた。

「わしら夫婦が犬好きだからけえ。親父の大事な大事な『お猫さま』なんだからよ、ちゃ〜んと丁重に扱って育てるって、何度言えば分かるんでえ」

瀬三郎も、料理人らしい、荒っぽく伝法な口調で応じた。

「おめえの『お猫さま』って言い方からして、気に入らねえな。お駒ってえ名がちゃんとあるんだ。その一言でわからあ。しばらくは義理で可愛がってたって、この先、十年、二十年、ずっとだいじにしてくれるかどうかなんて怪しいもんでえ」

「親父よう、それはひどい言い草じゃねえか」

「それに……瀬三郎、おめえの息子は腕白を通り越してらあ。遅くなってようやくできたから、おめえら夫婦が甘《あめ》えのも分かるが、あれはひどい」

「親父、それはどういう意味でえ。吉坊《よしぼう》が猫を酷《ひど》い目に遭わせるとでも言いてえのか。親父は、たった一人の孫が可愛くねえってのかよ」

「おめえの餓鬼の頃とそっくりなんだよ。いや、わしも暴れん坊ぶりでは右に出る者がなかったが、それだけにお駒になにをされるかしれやしねえんだ」

「てめえの孫を信じられねえってのかよ」

いまにもつかみかからんばかりである。

「そもそも、親父は、小せえ子供に厳し過ぎるんだよ。気に入らねえとすぐに殴る蹴るで、俺は何度、死にそうになったか知れやしねえ」

「それは一人前の料理人に育てようと……」

「俺は今まで我慢してきたがよ。頭に来てんだ。料理の腕じゃ、とっくに親父を越えてるってのによ。こんな歳になるまで一人前に扱ってくれなかったじゃねえか」

「なんだと。わしの腕を越えただとぉ！　この青二才が！」

取っ組み合いどころか殴り合いの喧嘩《けんか》になりそうである。明日葉はおろおろするが、常七はおかしそうにながめている。

子猫は怖がるどころか、かえって興奮したのか、お駒にしつこくじゃれつく。お駒も面倒がらず、根気強く相手をしてやっている。

そのとき、野良の牝猫《めすねこ》黒がのっそりと姿を現した。艶《つや》やかな黒い毛が行灯《あんどん》の灯《あか》りに艶っぽく光る。

「あっ」

言い合いを止めて、瀬兵衛が黒を見た。子猫になにかされないかと、目には警戒の色が浮かんでいる。

黒に向かって、子猫が『ふうー！』と威嚇した。途端に、黒が『ふうっ』と短く言い返す。

「これこれ。危ないよ」

瀬兵衛が慌てて子猫を抱き上げようとしたが、子猫はするりと腕をすり抜けた。

「これ、お駒！　危ないよ」

瀬兵衛が青くなったり赤くなったり、おろおろしながら、逃げる子猫を追いかける。

子猫が黒に前足ではたかれた。

「ああっ」

瀬兵衛は、自分が殴られたような悲鳴を上げた。尻尾《しっぽ》を巻いて小さくなった子猫は、慌ててお駒の陰に隠れた。

「にゃむん」

お駒が貫禄《かんろく》の一声で黒を追い払った。黒は小さくなってすごすご部屋を出ていった。

「大丈夫かい」といった顔で、お駒は優しく子猫を舐《な》めてやる。

「まるで本当の親子ですなあ」

瀬兵衛が感心したように言った。

そうだ！　一計を案じた明日葉は店の間に向かい、嬰児籠《えじこ》を持って座敷に戻った。

「子猫のお駒ちゃん、今晩は、うちのお駒と一緒にこの籠《かご》で寝たらいいよ」

部屋の隅に嬰児籠を置くと、お駒が、『ここにお入り』と教えるように籠に入り、子猫も真似をしてぴょんと飛び込んだ。

子猫はすぐに眠ってしまった。お駒が添い寝しながら子猫を優しく舐める。瀬兵衛が、子猫の様子を、慈父の眼差《まなざ》しでじっと見入る。

子猫がぐっすり眠ったことを確かめてから、お駒はそっと嬰児籠を抜け出した。明日葉が手を差し伸べるまでもなく、膝《ひざ》の上にのっそりと上がった。膝に感じる、小さな足のわずかな重みから、ああ、お駒ちゃんだという確かさが伝わってきて、有り難い気持ちになった。そういうところが、猫飼いの性《さが》だろう。明日葉はそっとお駒を抱きしめた。ぐだっと、体の重みを預けてくるお駒が愛《いと》おしい。明日葉の心がぐっと上を向く。

「さてと……」

お駒を抱きしめたまま、瀬兵衛の前に座って正対した。

「瀬兵衛さまの大切なお駒ちゃんを、うちで飼わせていただくというのはいかがでしょうか」

瀬兵衛の、老いて濁っていながらも、奥に輝きをたたえた目を見詰めながら言った。

「え？」

瀬兵衛は絶句した。垂れた頰の肉がぴくりと動く。

「まるで実の親子みたいじゃないですか。子猫は母猫と暮らすのが一番です」

お駒も、それが一番といったふうに、短くにっと鳴く。

座敷の内が、水を打ったようにしんと静まり返った。瀬三郎はじめ、皆の目が瀬兵衛の一挙手一投足に注がれる。

瀬兵衛はしばらくの間、嬰児籠の中で眠る子猫の満ち足りた顔を見詰めていたが……。

「よし！　わたしは決めましたぞ。お駒を、この虎屋さんに養女に出すことにします」

決然と上げた顔にもう迷いはなかった。固まったように、脇に突っ立っていた瀬三郎が、あからさまにほっとした表情を見せた。

お駒が明日葉の腕の中から抜け出して嬰児籠に戻った。今度こそ子猫と一緒にゆっくり寝るつもりらしかった。

「一つだけ頼みたいのですがね。これから先、お駒の様子を、伏見まで文で報《しら》せてくれませんか」

「承知いたしました」

明日葉は胸を張った後、ゆっくりとお辞儀をした。

座敷を辞した明日葉は、再び台所に戻った。

「ねえ、常七さん、皆、だいぶ酔いが回ってるし、〆《しめ》に白味噌《しろみそ》の味噌汁はどうかな」

「それはよいかもですなあ。先日、善空さんにお出しした『白味噌仕立ての車海老《くるまえび》の小鍋《こなべ》』……あの料理で使った、白味噌がまだ残っていますからなあ」

「江戸で長く暮らしていても、瀬兵衛さまは、京の味をきっと懐かしいって喜ばれるよ」

「ほっほ、京は京都所司代《しょしだい》の下、東西の京都町奉行所が御支配される地ですが、伏見は、伏見奉行所の御支配下。『京』ではないですがね」

内庭の竈《かまど》の前で、虎屋が抱えた憂いをすっかり忘れて、楽しい思案をしていたときだった。

「おい、いねえのかよ」

入り口から平蔵のだみ声が聞こえてきた。

平蔵は酒を呑《の》んでいるらしく、顔が紅《あか》かった。助六の他に子分を二人連れているが、鬼平の姿はなかった。

「どうでえ、二十両の工面はついたけえ」

助六が明日葉と常七を睨《ね》めつける。火影を受けた顔は地獄の鬼のように見えた。

「何度もねじ込んで来られちゃ、お客さまの迷惑でさあ」

常七が、目を泳がせながらも、精一杯言い返した。明日葉も大きくうなずく。

奥座敷では宴席が続いている。幸い、こちらの話は、耳に入りそうもなかった。

「明日《あした》が楽しみだよなあ。そのつもりでいなよ」

平蔵が明日葉に顔を近づけてすごみ、尻馬《しりうま》に乗った助六が口をはさむ。

「明日葉、うちへ『年季奉公』に上がっちゃどうでえ。その顔なら花里と良い勝負にならあ。いやまあ、色気ってものがまるでねえから、そこからして『修業』しねえといけねえがな」

助六の言葉に、平蔵も子分もどっと馬鹿笑いした。

怒りで叫び出しそうになるが、喉《のど》がきゅっと詰まってなにも言い返せない。明日葉は自分が情けなくなった。

「明日また来らあ」

平蔵に続いて助六たちが、暖簾《のれん》を押し割るような仕草で、通りに出ていった。

「うっかり戸締まりを忘れてましたな」

常七が、うんとこしょと言いながら、分厚い大戸を閉めた。大戸は、左端が軸になっていて開け閉めできる仕組みになっていた。

店の間に上がってぺたりと座り込んだ。常七がお茶を淹《い》れてくれる。

「嬢ちゃんは、子猫を引き取るなんて啖呵《たんか》を切ってましたけど、この虎屋がつぶれたらどうするんですかい」

「長屋暮らしになっても飼えないことはないだろうし、それに……おとっつぁんが帰ってくれば、きっと何とかしてくれるよ」

いつものようにお気楽に考えることにした。

〆に白味噌の味噌汁とご飯と香の物を出した後、半刻《はんとき》ほど経つと、大広間は静かになった。

のぞきに行くと、二匹のお駒はまだ嬰児籠で眠っていた。膳《ぜん》を片付けて布団を敷くと、酔った客たちはごそごそ布団にもぐり込んだ。これで一件落着と、明日葉も常七も寝床についたが……。

急用ができて、大番頭が江戸まで戻るという。暁八つ過ぎに、叩《たた》き起こされた常七は駕籠《かご》を頼みに走った。駕籠はなんとか手配でき、大番頭はあわただしく江戸目指して発《た》っていった。

大番頭が虎屋に戻ったのは明け六つ前だった。酔いが残っている瀬兵衛一行は、六つを過ぎた頃から、ゆったりと軽い朝餉《あさげ》を摂《と》り始めた。

二日酔いにも良いよう、いつもの朝餉に一工夫されていた。

「夕餉もなかなかのものでしたが、朝餉も気が利いていますのう」

蓋物《ふたもの》にはイカの付け焼きに筍《たけのこ》と菊菜を添えたもの、汁物はあっさりと葱《ねぎ》の味噌汁、皿には蒲鉾《かまぼこ》と大根に落とし醤油《じょうゆ》、そして……ご飯は『珠光飯《じゅこうはん》』だった。

珠光飯は、ご飯の上に、とろみをつけて煮た豆腐の角切りを載せ、練り胡麻《ごま》と味《み》噌《そ》を加えたたれをかける。さらに、ちぎった木の芽と胡麻が散らしてあった。

「茶人だった珠光とおっしゃるお坊さまの名が、胡麻を使った料理にはようついておりますのう」

瀬兵衛が珠光飯に箸《はし》をつけた。常七の肩に力が入っている。明日葉の手も汗ばむ。

「甘めの胡麻味噌だれの具合がなかなかようできていますな。二日酔いには腹に優しゅうて、しかも粥《かゆ》のようにすぐ腹が減らぬところが、考えられていますな」

瀬兵衛の言葉に、常七が恐縮した。

常七さん、良かったね。虎屋最後のお客さまが瀬兵衛さまで良かった。明日葉も心の内が温かくなった。

東海道を京に向かう瀬兵衛らを乗せる駕籠、瀬三郎ら江戸へ戻る者たちのための駕籠が、虎屋の前にずらりと並んだ。

旅立つ際になって、左手で子猫をしっかと抱いた瀬兵衛が、右手で、懐から袱紗《ふくさ》包みを取り出した。

「これから二十年間の鰹節《かつおぶし》代として、この二十両をお預けしますからね」

「ええっ！　そんな大枚をですか？」

「子猫を他所《よそ》さまにお譲りするときは、真新しい首輪に鈴をつけて、鰹節や鯵《あじ》の開きといった、好物を添えて渡す慣わしがあるじゃないですか。なあに、わたしの安心料としてなら安いものですよ。昨晩も言いましたが、月に一、二度、文でお駒の様子を報らせてくださいよ」

「はい、必ず」

大きくうなずく明日葉に、瀬三郎が、気安い言葉遣いで耳打ちしてきた。

「昨日の晩、水を頼もうと台所に向かったとき、騒ぎをすっかり聞いちまってね。親父の耳に入れたんだよ。旅籠《はたご》がなくなったら大変《てえへん》だ。安心して預けられなきゃ困るからな……で、夜のうちに、大番頭を店まで戻らせたってわけさ」

「では、頼みましたよ」

瀬兵衛は、袱紗に包まれたままの小判二十枚を、明日葉に手渡してくれた。

「ありがとうございます。では、遠慮なくいただきます」

明日葉と常七は、曲げられるだけ腰を曲げて、深々とお辞儀をした。

「お駒、達者でな」

瀬兵衛は、子猫に何度も頬擦りした。

ゆっくりと床に下ろすと……子猫はすぐに、店の間でくつろぐお駒目掛けて駈《か》けていった。

「おやおや、わたしはもう用済みかい」

瀬兵衛は、安堵《あんど》と寂しさの混じった顔でつぶやいた。

「夫婦で大の猫好きだったので、若い頃からずっと猫を飼っていたのだがね。お茂が亡くなってすぐ、猫も後を追うように亡くなってねえ。ま、寿命だったから、仕方がないんだけどね……猫はもう飼うまいと思っていた矢先に、この子が、親からはぐれてたった一匹でいたところを拾ったんだよ。まだ目もちゃんと開いていなかったのに、我ながらよく育てたものだよ。だけど、まだまだ子供だ。きっと母親が良いんだろうねえ」

子猫は、身を投げ出したお駒の胸に顔をうずめ、前足でお駒のお腹をもみもみし始めた。無心に、出ない乳を飲もうとする。

「この分だと、お乳が出るようになりそうですね。実は……お駒は今まで一度も子を産んだことがないんです。今ようやく、お母さんになれたのかもしれないですね」

「そうかい、そうかい。二匹はきっと、前世からの糸で結ばれていたんだろうねえ」

「色や模様までそっくりですもんね」

子猫はもううつらうつらし始めた。すっかり安心し、甘え切った顔をしている。

「もう一度、お駒を抱きしめたいところだが、やめておこう。あんなに幸せそうなのだからね。明日葉さん、常七さん、わたしのお駒をよろしくお願いしますよ」

通りに踏み出そうとする瀬兵衛の、幾重もの深い皺《しわ》に囲まれた目から、光の点になった涙が、きらきらと黒い土間の上に落ちた。

「はい」

明日葉は、たった一言に気持ちをこめた。

瀬兵衛が伏見目指して旅立ち、見送った瀬三郎ら一行も駕籠で江戸へと去っていく。明日葉と常七は、瀬三郎一行の駕籠が街道筋を見えなくなるまで見送った。

「捨てる神あれば、まさに拾う神ありですなあ」

常七が、だいぶ日が高くなった空に向かって大きくのびをした。

「さっそくこの二十両を叩き返して、証文を取り返しに行きましょうよ」

「そうですとも」

明日葉と常七は、鼻息も荒く、布袋屋に向かった。

「なんでえ、朝早くから叩き起こしやがって」

平蔵は眠そうな顔で現れた。助六も普段からだらしない姿がさらにだらしなく、寝起きといった浴衣《ゆかた》姿で続く。

「お金はこの通りです！　証文を返してください」

明日葉は精一杯、声を張った。

「なんだって？」

「ここに二十両ありまさあ」

常七が袱紗を開いて二十両を平蔵に見せた。助六がずいっと前に出てくる。

「おっと、利子はどうなるんでえ。ねえ、親分、猫飼いの家ってえのは物知らずですなあ」

勝ち誇ったように平蔵たちが高笑いする。

「えっ。利子なんて、証文に書いてないじゃない」

「金の貸し借りにゃ、利子は付きものだぜ。これだから嬢ちゃんは困る」

助六は、低い団子鼻に皺を寄せながら、いかにも馬鹿にしたように唇を歪《ゆが》ませた。

「じゃ、じゃあ、あとどれだけいるの？」

「少なくとも年に一割五分はもらわねえとな。借りてから十年でえ。ざっと勘定してもだな……」

助六の言葉をさえぎるように、清史郎の声がした。

「親父、見苦しいぜ」

声音はあくまで低く静かなだけに、かえって凄《すご》みがあった。

「ど、どういうこってえ。何でおめえがここにいるんでえ」

「俺をだましやがって」

「だ、だますなんてこたあねえよ。あ、あれは、親心で言ったまででえ」

平蔵はたちまちしどろもどろになった。

「川一から二分で買い取った証文っていうじゃねえか。親父も、品川一帯の大親分を目指すなら、あまり阿漕《あこぎ》な真似はするな」

清史郎はやはり清史郎兄ちゃんだった。

「親父はてっぺんを目指せる器の漢《おとこ》なんだよな？　違うか？」

清史郎は凄みのある眼差《まなざ》しで平蔵を睨《ね》めつけた。平蔵がむむと唸《うな》る。

「た、確かにおめえの言葉にゃ一理あらあ。男が売りの俺が、弱い者いじめしたと噂が立っちゃ、今まで培ってきた男稼業が台無しでえ。清史郎、よく言ってくれたな」

平蔵は取って付けたように豪傑笑いをした。

「じゃあ、川一に渡した二分だけ受け取って、証文を渡すことだな」

言うだけ言うと、清史郎は悠然と見世の内に姿を消した。

「ちっ。俺の足元を見やがって」

平蔵はいまいましげに舌打ちしたかと思うと、証文をびりびり引き裂いた。

「お、親分、そりゃあねえや。あっしがせっかく……」

助六が抗《あらが》いの声を上げたがもう遅い。紙切れと化した証文は、街道筋を流れる風にさらわれて、桜の花びらのように、ひらひら舞いながらいずこかへ流れていった。

「いつの間にか、うちのだいじな若をたらしこんでいたとは、女郎顔負けの、てぇしたタマでぇ」

助六が吐き捨てるように言いながら、平蔵の後に続いた。

「えっ？」

思いも寄らぬ『濡《ぬ》れ衣《ぎぬ》』に、明日葉は口をあんぐりと開けたまま見送った。

虎屋に戻ると、帳場近くに置いた嬰児籠《えじこ》の中に、大小のお駒が納まっていた。子猫はお駒の体に顔をうずめてぐっすり眠っている。お駒が、愛《いと》おしそうに目を細めて子猫を舐《な》めてやる姿が微笑ましい。

「清史郎さんのおかげで助かったけど、清史郎さん、どうしてあんなにぎりぎりで姿を現したのかな」

お駒があほくさいという顔でそっぽを向いた。

その日の昼間、明日葉は、作り置きするために『茄子《なす》の揚げ煮』を作り始めた。

「あたしが全部、作るから」

「それも勉強でしょうな」

明日葉の言葉に、常七が笑う。

畑からもいできた茄子を四つに切って油で揚げ、煮汁に入れて煮た。

「さあ、上手《うま》くできたよ」

できあがった茄子の揚げ煮を鉢に入れて、台所の板の間に置いた。

「ちょっとばかし味が濃いかもしれないけど」

「この色からしていただけやせんなあ。油の温度が低い上に、長々と時間をかけたもんで、青光りしていた茄子の良い色が飛んじまってますさあ。それに……火が通りやすいよう、切れ目も入れなきゃねえ」

「それを早く言ってよ」

「全部、自分で作るとおっしゃったじゃねえですかい」

常七の言葉に、明日葉が、釣り上げられた河豚《ふぐ》のようにむくれる。

「どれどれ、肝心の味はどうですかな」

常七がゆっくりした動作で箸《はし》をつけようとしたときだった。ぐっすり寝ていたはずの子猫が、長い紐《ひも》を引きずりながら、ひょろひょろ、台所までやってきた。

「ああ〜っ！」

明日葉は思わず声を上げた。

子猫がすました顔で鉢をまたいだ。紐を引きずりながら、なに食わぬ顔でまた帳場に戻っていく。

「確かにこりゃひでえ味ですなあ。出汁《だし》が利いてねえし、醬油《しょうゆ》は利き過ぎだ」

味見した常七は、大げさに顔をしかめてみせた。

「二代目『猫またぎ』襲名ってこと？」

明日葉は常七と顔を見合わせた。

そのとき、暖簾《のれん》をくぐって、店庭に誰かが入ってくる気配がした。

「今、帰《けえ》ったよ」

「おとっつぁん」

「旦那《だんな》さん」

店庭のほうに向かう明日葉と常七より早く、子猫が徳左衛門目掛けて走った。お駒は嬰児籠の中に納まったまま、しれっとしている。

徳左衛門は、荷物をほっぽり出した。

「おおっ。俺が留守の間に、若返りやがったな。けど、お駒、ちっとばかし若返り過ぎじゃねえか」

満面の笑みで、子猫に人差し指をそうっと差し出した。子猫が怖々近づいて、ふんふんと念入りに匂いをかぐ。

「それとも、俺の留守中に、とうとうお駒に子ができたのけえ。こりゃあ、めでてえこった」

徳左衛門は子猫を怖がらせないよう、そっと両手を伸ばして抱き上げた。優しく頬擦りする。

「実はね……」

事情を話す明日葉に、徳左衛門は即座に答えた。

「お駒の娘ってえことで、駒吉《こまきち》って名はどうでえ」

「なんだか芸者さんの名前みたい。若い頃、此《こ》ノ糸《いと》って芸者さんと浮き名を流したおとっつぁんらしくて良いかな」

徳左衛門は、妻お藤を亡くして以来、お藤を迎える前から深い仲だった、此ノ糸ともすっぱり縁を切った。明日葉が物心ついてこのかた、女の噂を耳にしたことは一度もなかった。

「い、いや、そういうつもりじゃねえけど、ふっと思いついてな」

一瞬だけ酸《す》い顔になったが、

「なあ、駒吉」

さっそく新しい名で呼び始めた。

徳左衛門は、舐め回すように子猫を撫《な》で、さすり、すうすう吸って、かぐわしい匂いをかぐ。子猫は迷惑そうに、前足を突っ張ってあらがっているが、喉《のど》は、小さな体に似合わない大きな音でごろごろ鳴っている。

「ともかく上がってよ」

明日葉は盥《たらい》に湯を汲《く》んできて、徳左衛門の足元に置いた。板の間に腰をかけた徳左衛門は、子猫を抱いたまま、器用に草鞋《わらじ》を脱ぎ始めた。

「今日だけね」

明日葉が徳左衛門の足を濯《すす》いで、手拭《てぬぐ》いで拭《ふ》いた。徳左衛門が店の間に上がる。

「にゃあん」

お駒が足元にすり寄って、軽くあいさつしたかと思うと、すっと奥に入ってしまった。

「お駒姐《ねえ》さん、久しぶりなのに、それはねえじゃねえか」

目尻《めじり》を下げながら、徳左衛門がお駒を追う。明日葉は子猫を受け取って、腕の中に納めた。

「長いこと、放っておかれたって、すねてるのか。おい、ずいぶん、つれないじゃないか。あっ、いててて」

お駒に引っかかれたらしい徳左衛門の悲鳴が、奥座敷のほうから聞こえてきた。

風呂《ふろ》から上がった徳左衛門は、店の間に座って子猫を遊ばせながら、ゆったりとお茶を飲んでいる。お駒はゆっくり昼寝をするつもりらしく、姿がなかった。

「尾張はどうでしたか。ずいぶんと長かったですなあ」

「あ、ああ。ちょっと手間取ったが、それなりに考えるところもあってな」

「それは良かったねえ、おとっつぁん」

「今までも考えていたことなんだがな……」

「えっ、なあに？」

「猫旅籠《はたご》というだけじゃなくて、これからは、『ふるさと料理でもてなす旅籠』として売り出してえと思うんだ。江戸からの客を呼び込むんだ」

「飯盛旅籠に、女の人目当てで大勢、お客さんが来るのと同じってことだね」

「江戸は、先祖代々江戸に暮らしてきたってえ人は少ねえ。江戸っ子と言ったって、何代か前にさかのぼりゃ、地方からやってきた奴らでえ。皆、ふるさとを持ってるんだ。喜ぶ人は多いと思うぜ」

「品川は、春は桜、秋は紅葉で有名な御殿山やら寺がたくさんあって、海が一望できる風光明媚《めいび》な土地柄。潮干狩りも人気ですし、ふるさとの料理を楽しんでゆったり一泊ってのは、人気が出るかもしれませんなあ」

常七が大きくうなずいた。

料理と風呂が売り物の料理旅館として、深川洲崎にある『藤屋《ふじや》』が名高く、鮮魚の調理を売り物にした、江《え》ノ島《しま》の宿も知られていた。

「豪華な料理が売りの有名どころのようなわけにはいかねえが、安い旅籠賃で、素朴なふるさとの味を楽しんでもらえる、そんな旅籠を目指そうや」

「あたしも常七さんに教えてもらって、料理が上手くできるようになるよ。二代目の『猫またぎ』がいるんだし」

「えっ？　二代目ってどういう意味でえ」

徳左衛門が派手派手しい目をさらに丸くした。

「それがまあ……」

説明する常七の顔を、いつの間にか戻ってきたお駒がじっと見上げている。駒吉がさっそくお駒に駆け寄って、遊び相手をせがむ。お駒が尻尾《しっぽ》だけばんばん振ってやると、駒吉が懸命にじゃれつく。どたんばたんと、一人相撲を始めた。

「大小のお駒のためにも、頑張らなきゃね」

明日葉は、徳左衛門と常七、そして、一緒に暮らしてくれる、お駒、駒吉と力を合わせて、虎屋を盛り立てていこうと心に誓った。

翌日は夕暮れ近くになっても、お客が一組も来なかった。

「まあ、そんな日もあるよね。騒動も収まったし、骨休めをしろっていう、御仏《みほとけ》の思し召しかな」

明日葉は裏の畑に出た。畔《あぜ》にある切り株の上でくつろぐお駒の毛を、櫛《くし》でといてノミ取りをしてやる。取れたノミは水を張った盥に浸けて退治する。

「ノミって、首回りと尻尾が多いのよねえ。毎日、退治しても、キリがなかったもんだけど、この頃はあちこち出歩かなくなった分、ほとんどいなくて助かるな。駒吉ちゃんにノミが移らないようにしなきゃならないから、念のため、念のため」

徳左衛門の胸元にしまい込まれている駒吉の、小さくほわほわした体を思い浮かべた。

「お駒ちゃん、ちょっと、ちょっと、辛抱してよ」

お腹の辺りは嫌がるので、梳《くしけず》るにも一苦労である。とうとうお駒に逃げられてしまった。

「あ〜あ」

明日葉は立ち上がって前掛けについた猫毛を払った。ほわっとした毛が、夕暮れの光にきらめきながら散っていく。

畑地を少しばかり下ると、小舟が行き交う目黒川をはさんで、長く横たわる洲崎、その先に広い品川の海が、今日も変わらず、一望の下に見渡せた。沖を行く弁財《べざい》船の白帆が、夕日を受けて眩《まぶ》しく光る。

「今日も良い天気。このまま梅雨が明けるのかな」

いつ見ても品川の海は美しい。晴れ渡ってきらきら輝く昼の海、夕焼けに染まる少し寂しげな海、漁《いさ》り火が輝く、美しいが底知れない恐ろしさをたたえた鉛色の海。そして雨に煙って朧《おぼろ》に霞《かす》む海も一興だった。

「あれっ」

布袋屋の裏庭に、清史郎のすらりとした影が見えた。裏木戸から出て目黒川のほうに下っていく。遠出するつもりか、まだ灯を入れていない提灯《ちょうちん》を手にしていた。

礼を言う機会もないまま数日が過ぎていた。

明日葉は、畑地の柵《さく》に設けられた木戸から出て、清史郎の後を追った。お駒もついてくる。砂混じりの道を下れば、下駄《げた》をはいた素足に砂がはさまった。

「清史郎さん」

松林まで来て声をかけた。清史郎が振り向く。無表情な顔が明日葉を不安にした。

「な、何度も助けていただいてありがとうございました」

丁寧に頭を下げた。よく見れば、清史郎の口の端がほんの少し緩んでいる。

「腹が立ったから、仕返しをしたまでだ」

「え？」

「俺がいれば邪魔になると考えた親父は、『たまには道場へ顔を出してこい。十日くれえなら行きっぱなしでも構わねえ』と俺に江戸行きを勧めたんだ。先日、鯨塚の弥太郎が飼う、腕自慢の用心棒を斬ったから、弥太郎も今は大人しくしている。しばらくは仕掛けてこないだろうと踏んでのことだと思った俺は、久しぶりに麻布《あざぶ》の道場に向かったってえわけだ。一人で型稽古《げいこ》するか、剣の素養がない破落戸《ごろつき》ばかり相手では、腕が鈍ってしまうからな」

大きくうなずく明日葉に、清史郎はさらに言葉を続けた。

「花里の使いが来て、親父の企《たくら》みを知った俺は、親父に、こっぴどく仕返ししてやろうと思いついたのさ。おめえらや子分たちの前でやりこめて、恥をかかせてやろうと、身を隠して機会を待ってたんだ」

お駒が、清史郎を見上げて「にゃにゃっ」と言いながら、尻尾をばんばん地面に打ち付けた。お駒も、清史郎に、ひどいじゃないと言っているらしい。

「あたしたち、ほんと怖くて、どうしようかって……もう泣きそうだったのに。助けてくれるなら、もっと早く、平蔵をいさめてくれれば良かったのに」

お駒の後押しで、明日葉は清史郎に言いたいことが言えた。

「明日葉」

うつむいてふくれっ面をする明日葉に、清史郎がずいっと近寄ってきた。

「え？」

頭を上げると、すぐ目の前に清史郎のたくましい胸元があった。

むにゅっ。

明日葉の鼻先が、清史郎の人差し指で押しつぶされた。

「ええっ」

恥ずかしさでかっと熱くなった。

「ふっ。やはり今も面白い顔になるのだな」

一瞬だけ笑みを浮かべた顔は、幼い頃に明日葉がよく見知っていた清史郎少年だった。

「清史郎兄ちゃんのいじわる」

　思わず出た言葉に、

「やっと昔の呼び名で呼んでくれたか」清史郎は再会して初めて、まともな笑みを見せた。

「こたびのことは、明日葉の気持ちを考えず、己の怒りばかりで動いておった。すまぬ」

　清史郎は素直にわびてくれた。

　お駒は、お邪魔さまといったふうに、『みゃあお』と一鳴きして、元来た道を虎屋に戻っていった。我が子駒吉が気になるのだろう。

　清史郎と明日葉は、そのまま黙って、ぷらぷら砂地の道を下った。常七に断らずに出てきたことが気になったが、そんな思いはすぐ、泡のように消え去った。

　清史郎は黙ったまま、歩みを止めなかった。背が高い清史郎は歩くのが速い。明日葉は半歩離れて小走り気味に歩く。

　なにか話し掛けないといけない気になった。

「あたし……十一年前、清史郎兄ちゃんが急にいなくなって驚いたんだ。なにも言わずに出ていったから寂しかった。あたし、清史郎兄ちゃんのこと、分からなくなってた」

話し始めると、つるつると言葉が出てきた。

家々も木々も足元の道の脇に生えた草も、すべてが輪郭をなくし始めていた。にじむように広がる宵闇に、明日葉は小石につまずいて転びそうになった。

「子供の頃から、そそっかしくてよく転ぶ奴だったな」

清史郎は、火打ち袋を取り出し、提灯に灯を入れて手渡してくれた。そのまままたさっさと歩き出す。提灯がぷらぷら揺れながら、明日葉の足元をしっかりと照らしてくれる。

「あの頃は、明日葉も知っているように、家業が嫌で、親父と喧嘩《けんか》ばかりしてたろ。このまま家にいたら、親父に殺されてしまうんじゃないか、逆に親父を斬ってしまうんじゃないかと思うようになってな。あの日、大喧嘩して、そのまま家を飛び出したんだ。明日葉に別れの言葉も言えず、世話になった徳左衛門さんや常七爺《じい》さんにもなにも言わないままになっちまった。自分のことで頭がいっぱいで、すまなかった」

「そうだったんだ」

「元々、月に何度も江戸に出て、男谷精一郎《おだにせいいちろう》先生の直心影流《じきしんかげ》の道場で稽古していたから、事情を打ち明けて、内弟子にしていただいたんだ。品川にはもう二度と戻るまいと思っていたが……道場まで訪ねてきた親父に、『命を狙われている。助けて欲しい』と泣き落とされちゃ、育ててもらった恩があるから、無下に断れなくてな。家業は継がない、親父の身の危険が去れば、また江戸に戻るとの約束で戻ってきたんだ。けど、このまま、ずるずる品川にいれば、家業を継ぐことになるかもしれねえな」

清史郎は立ち止まって松の木の幹に寄りかかった。

「親子のことは複雑だよね」

「明日葉の家だって、色々事情があるからな」

「物心ついたときにはおっかさんがいなくて、どんな人なのか知りたいなって思うけど、誰も詳しく教えてくれなくって……」

「別れたときのことを覚えてなくて、かえって良かったよな。俺には子を捨てて、惚《ほ》れた男に走った母親なんて、一生、許せねえからな」

一瞬、何のことか分からず、次の瞬間、言葉だけが勝手に口をついて出た。

「それはあたしのおっかさんのこと？」

清史郎はしまったという顔をした。

「だから、おとっつぁんは、おっかさんの話をしなかったんだね。あたしが赤子のときに流行病《はやり》で死んでしまったって言ってたんだ」

すべてが腑《ふ》に落ちた。旅先から送られる土産は、母お藤からに違いない。徳左衛門は、お藤の行き先を探るために旅に出ていたのだ。

だが……。

さっぱりして、物事にこだわらない徳左衛門が、二十年経った今も妻を許せず、執念深く行方を追っているとは思えなかった。許せないのではなく、未練があるのではないか。お藤が旅先から土産を送ってくるのは、お藤も徳左衛門に未練があるからなのか、それとも赤子のときに捨てた明日葉への贖罪《しょくざい》のつもりなのか……なにも分からなかった。

「清史郎兄ちゃんは、詳しい事情を知っているの？」

「いや、俺も餓鬼だったから、それ以上のことは知らないんだ。親父とお藤さんは異母兄妹《きょうだい》だからな。親父が『何てことをしでかしたんだ』と怒っていた記憶があるだけなんだ」

「もしもなにか分かったらまた教えてね」

「俺は、許しを請う人に、ちゃんと許しを与えるために探そうとしていると思うな。

徳左衛門おじさんは優しい人なんだよ。きっと」

　深い読みを語る清史郎は大人だった。

　いつしか品川歩行新宿と北品川宿との境に架けられた鳥海橋まできた。橋は、宿場町と洲崎の漁師町とをつないでいる。洲崎の先端に位置する弁天社の、鳥居脇にある灯籠《とうろう》の灯りが滲《にじ》んで見えた。

　目黒川の流れは、あの晩のように黒々としていたが、清史郎と並んで歩けば、まがまがしく感じられなかった。

　橋を渡りきると、清史郎の足は弁天社の参道に向かった。

　人っ子一人いない弁天社の松林に足を踏み入れた。波打ち際がすぐ近くにあって、波の寄せては返す音が心地よかった。

「あれ以来、型稽古《げいこ》をしに毎晩、通っているのだ」

「知らなかった。じゃあ、あたしも一緒に来て、毎晩、お百度参りすれば良かった。ま、おとっつぁんが元気に帰ってきたから、あの一回で十分御利益があったみたいだけどね」

「ふっ」

　清史郎の漏らした笑みは、大人の男の匂いがした。なにかしゃべらなくてはという気になった。

「前から聞きたいと思っていたんだけど、お駒がいなくなったと知って、わざわざ探しに行ってくれたの？」

「江戸から戻ってうちの暖簾《のれん》をくぐろうとしたら、外まで騒ぎが漏れ出していたのでな。ふとあの桜木を思い出して、行ってみただけだ」

すぐさま、常七さんに言付けしておいてくれたら、あたしもあんなに走り回らなくて良かったかもしれないのに……という恨み言は言わずにおいた。

また、しばらく話が途切れた。

先日、明日葉が襲われた折、清史郎が賊に向かって言い放った言葉が、耳元にはっきりと蘇《よみがえ》った。

清史郎は明日葉のことを『俺の女』と言った。言葉のあやに決まっていると聞き流していたが……。

明日葉の心ノ臓がびくんと飛び跳ねた。

海はほのかに明るかった。明日葉が手にしていた提灯《ちょうちん》を、清史郎がそっと受け取って、松の木の洞に柄を差し込んだ。

「明日葉……」

清史郎が明日葉との距離を詰めてきた。すぐ目の前に、涼しい瞳《ひとみ》があった。ひんやりとした手が明日葉の手を取る。

「あ、あの……」

言葉が出ない。清史郎の息づかいが大きく耳に響く。

胸の鼓動がどくんどくんと騒がしくなる。明日葉の体が引き寄せられる。

うつむいたまま抱き寄せられた明日葉は、清史郎の分厚い胸に顔をうずめる形で固まった。顔を上げられない。

「む」

清史郎が急に体を離した。

参道の方向に目を向けた。耳を澄ませば、ばたばたと走る大勢の足音が聞こえる。不気味な気配を発しながら、足音はどんどん迫ってきた。

「鯨塚の手の者たちだろう。明日葉、そこに隠れておれ」

清史郎は厳しい声で、社殿脇の茂みを指さした。

明日葉は提灯を手に、深い茂みに分け入った。身を隠して提灯の灯《あか》りを吹き消す。

途端に、周りがねっとりとした闇に沈んだ。

鳥居の近くにある石灯籠《どうろう》の灯りだけが、境内を頼りなく照らす。薄暗い石畳に静かに立つ清史郎の後ろ影は、朧気《おぼろげ》にしか見えなかった。

大丈夫。清史郎兄ちゃんなら大丈夫。心の内で呪文《じゅもん》のように唱えながら、明日葉は息を殺して見守った。

「若！　いや、清史郎！　覚悟しやがれ」

聞き覚えのある助六のだみ声が響いた。

「助六か。親父を裏切るとは良い度胸だな」

「子飼いの俺にすりゃあ、端《はな》から、清史郎、おめえが邪魔だったんでえ。江戸に逃げて、もう戻ってこねえと安心していたんだがな。のこのこ舞い戻ってきやがって、若、若とおだてられて良い気になっちまうなんてよ。一の子分のこの助六さまが跡目を継ぐ話も、おめえのせいで、奇麗さっぱり消えちまった。おまけに、何だかんだと、邪魔ばかりしやがって、許せねえんだよ」

「だから弥太郎と裏でつながったってわけか。親父も見くびられたもんだな」

暗がりに、敵の照らす提灯の灯がゆらめき、すべてが影絵のように見えた。

「親分をけしかけて虎屋を乗っ取り、俺っちの株を上げようとしたものの……親分の弱気のせいでしくじっちまった。てめえさえいなきゃ……」

助六は、黒い影たちの後方にすっと後退した。

「どりゃあ」

脇差しを振りかざす者、匕首《あいくち》で突進する者……六つの影が、清史郎の体にぶつかるように殺到した。薄明かりに、匕首が魚のうろこのように、青白くきらめく。鋭い刃《やいば》がぎらりと光る。明日葉の目にも、先日の破落戸《ごろつき》たちとは格が違うと分かった。

危ない！　明日葉は思わず目をつぶった。いや、目を閉じる間もなかった。

清史郎の影が、飛燕《ひえん》のごとく斜めに動いた。

どさ、どん、ざざっ。異様な音がした。

抜刀した清史郎は、同じ場所にゆるぎなく立っている。

「せ、先生！」

助六のうわずった声に応じて、今一つの黒い影が石畳に姿を現した。目を凝らしたが、大刀を帯している大柄な影だけで、顔形は判然としなかった。

「息の根を止めなかった温情を仇《あだ》で返すのか、こたびは手加減せぬぞ」

清史郎の低い声が、静まり返った境内に響いた。

「それはどちらの台詞《せりふ》かな。騙《だま》し討ちのごとき、卑怯《ひきょう》な技を弄《ろう》しおって。今夜こそ、雌雄を決してみせる」

応じた声はあの奥田徳治郎だった。

「ふふ、先般の醜態を返上しようというわけか」

二つの影が対峙《たいじ》する。

「手加減できぬ敵は斬るしかない」

清史郎が言い放つ。同時に二つの影が地を蹴《け》った。

すらりとした影と、恰幅《かっぷく》が良い大柄な影が、何度も交錯する。わずかな明かりの中、白刃がきらめく。刃風が明日葉のほうまで届く心地がした。

もう見ていられない。だが、目を閉じることができなかった。

裂帛《れっぱく》の気合いとともに影が交差する。

大柄な影がたたらをふむ。

ぐらりと傾いて、崩れるように地面に落ちた。まるで地に吸い込まれるように見えた。

「うわわわ」

慌てて逃げる助六の影に向かって、清史郎の刃が一閃《いっせん》した。

助六の巨体が、まるで大木が倒れるような音を立てて、境内の砂利に打ち付けられた。

残心の形を取った清史郎は、愛刀に血ぶりをくれてから懐紙で血を拭《ぬぐ》った。全てが闇の中、影絵の中の出来事に思えた。足ががくがくと震える。

「もうよいぞ」

清史郎の声にも、明日葉の足は根が生えたように、一歩も踏み出せなかった。色のない影の清史郎が、明日葉に近づく。清史郎の姿がさっと色づいた。

「怖かったか。正直言うと……俺も怖かったのだ」

清史郎は妙に明るい声で笑った。

これでもう戻れなくなった。平蔵と鯨塚の弥太郎の争いの輪から距離を置いていた清史郎も、渦中の人というより、むしろ矢面に立ってしまった。

「俺とはもう関わらぬほうがよい。明日葉にまで危難が及ばぬとも限らぬからな」

「う、うん」

明日葉は短く答えた。

海からの風が松の林を鳴らす。潮の匂いがする。大好きな海が不安なうねりになって押し寄せてくる気がした。

清史郎の後ろ姿を見ながら、提灯の灯りを頼りに歩いた。足がふらつく。悪い夢の中を歩いている心地がした。

おとっつぁんに相談しよう。おとっつぁんなら、きっとなんとかしてくれるに違いない。

徳左衛門の、頼りがいがあって、少しいい加減な、いかつい顔を思い浮かべた。

本書は、書き下ろしです。
編集協力／小説工房シェルパ（細井謙一）

ふるさと美味旅籠《びみはたご》

きららご飯《はん》と猫《ねこ》またぎ

出水千春《でみずちはる》

令和３年 ７月25日　初版発行

発行者●堀内大示

発行●株式会社KADOKAWA
〒102-8177　東京都千代田区富士見2-13-3
電話　0570-002-301（ナビダイヤル）

角川文庫 22753

印刷所●株式会社暁印刷
製本所●本間製本株式会社

表紙画●和田三造

●お問い合わせ
https://www.kadokawa.co.jp/（「お問い合わせ」へお進みください）
※内容によっては、お答えできない場合があります。
※サポートは日本国内のみとさせていただきます。
※Japanese text only

ISBN 978-4-04-111342-4　C0193

◇◇◇

角川文庫発刊に際して

角川源義

第二次世界大戦の敗北は、軍事力の敗北であった以上に、私たちの若い文化力の敗退であった。私たちの文化が戦争に対して如何に無力であり、単なるあだ花に過ぎなかったかを、私たちは身を以て体験し痛感した。西洋近代文化の摂取にとって、明治以後八十年の歳月は決して短かすぎたとは言えない。にもかかわらず、近代文化の伝統を確立し、自由な批判と柔軟な良識に富む文化層として自らを形成することに私たちは失敗して来た。そしてこれは、各層への文化の普及滲透を任務とする出版人の責任でもあった。

一九四五年以来、私たちは再び振出しに戻り、第一歩から踏み出すことを余儀なくされた。これは大きな不幸ではあるが、反面、これまでの混沌・未熟・歪曲の中にあった我が国の文化に秩序と確たる基礎を齎らすためには絶好の機会でもある。角川書店は、このような祖国の文化的危機にあたり、微力をも顧みず再建の礎石たるべき抱負と決意とをもって出発したが、ここに創立以来の念願を果すべく角川文庫を発刊する。これまで刊行されたあらゆる全集叢書文庫類の長所と短所とを検討し、古今東西の不朽の典籍を、良心的編集のもとに、廉価に、そして書架にふさわしい美本として、多くのひとびとに提供しようとする。しかし私たちは徒らに百科全書的な知識のジレッタントを作ることを目的とせず、あくまで祖国の文化に秩序と再建への道を示し、この文庫を角川書店の栄ある事業として、今後永久に継続発展せしめ、学芸と教養との殿堂として大成せんことを期したい。多くの読書子の愛情ある忠言と支持とによって、この希望と抱負とを完遂せしめられんことを願う。

一九四九年五月三日

角川文庫ベストセラー

くらやみ坂の料理番
包丁人侍事件帖⑥
小早川　涼

江戸城の料理人、鮎川惣介は、持ち前の嗅覚で数々の難事件を解決してきた。ある日、将軍家斉から西の丸で起きているいじめの真相を知りたいと異動を言い渡される。全容を詳らかにすべく奔走したのだが――。

料理番　名残りの雪
包丁人侍事件帖⑦
小早川　涼

幼馴染みの添番、片桐隼人とともに訪れた蕎麦屋で、酒に溺れた旗本の二宮一矢に出会う。二宮が酒をやめる代わりに、惣介が腹回りを一尺減らすという約束をしてしまい、不本意ながら食事制限を始めるが――。

料理番に夏疾風《なつはやて》
新・包丁人侍事件帖
小早川　涼

将軍家斉お気に入りの台所人・鮎川惣介にまたひとつやっかい事が持ち込まれた。家斉から、異国の男に料理を教えるよう頼まれたのだ。文化が違う相手に悪戦苦闘する惣介。そんな折、事件が――。

料理番　忘れ草
新・包丁人侍事件帖②
小早川　涼

江戸は梅雨の土砂降り。江戸城台所人の鮎川惣介は、自宅へ戻り浸水の対応に追われていた。翌朝、住み込みで料理を教えている英吉利人・末沢主水が行方不明となり、惣介は心当たりを捜し始める。

飛んで火に入る料理番
新・包丁人侍事件帖③
小早川　涼

火事が続く江戸。江戸城台所人の鮎川惣介の元へ、以前世話になった町火消の勘太郎がやってきた。火事場の乱闘に紛れて幼馴染みを殺した犯人を捜してほしいというのだ。惣介が辿り着いた事件の真相とは――。